ज्ञान गरिमा के
68 वर्ष

भारतीय
ज्ञानपीठ

णाणं
पयासयं

वीर नि.सं.
2470

ई.सन्
1944

भारतीय ज्ञानपीठ

पचास बरस का बेकार आदमी

(कहानी-संग्रह)

पचास बरस का बेकार आदमी

रवीन्द्र वर्मा

भारतीय ज्ञानपीठ

लोकोदय ग्रन्थमाला : ग्रन्थांक 998

ग्रन्थमाला सम्पादक

रवीन्द्र कालिया

सह-सम्पादक

गुलाबचन्द्र जैन

ISBN 978-81-263-1808-7

प्रकाशक :

भारतीय ज्ञानपीठ

18, इन्स्टीट्यूशनल एरिया, लोदी रोड

नयी दिल्ली-110 003

मुद्रक : विकास कम्प्यूटर ऐंड प्रिंटर्स, दिल्ली-110032

आवरण-चित्र : देबाशीष मुखर्जी

आवरण-सज्जा : ज्ञानपीठ कला प्रभाग

दूसरा संस्करण : 2011

मूल्य : 130 रुपये

PACHAS BARAS KA BEKAR AADMI

(Short stories)

by Ravindra Verma

Published by

Bharatiya Jnanpith

18, Institutional Area, Lodi Road

New Delhi-110 003

e-mail : jnanpith@satyam.net.in, sales@jnanpith.net

website : www.jnanpith.net

Second Edition : 2011

Price : Rs. 130

बक़द्रे शौक़ नहीं ज़र्फ़[1] तंगनाए[2] ग़ज़ल
और कुछ चाहिए वुसअत[3] मेरे बयाँ के लिए।

ग़ालिब

1. बर्तन, 2. तंग गली, 3. विस्तार

अनुक्रम

आकाशवाणी	9
रोटी, कपड़ा और मकान	12
दिल्ली में लँगोट	15
मुस्कान	18
हरी पतंग	21
चिड़िया	24
जड़ें	27
परिवार	28
दुःख की खिड़की	29
मृत्यु की कहानी	32
धरती पर अकेली प्रार्थनाएँ हैं	33
सागर-चुम्बन	35
आग में हँसी	39
मैं पहाड़ हूँ	40
जैसे उम्र कोई पराक्रम	42
ख़ुदा की आवाज़	45
देवानन्द	48
सवा लाख से ऊपर	51

संघर्ष ही जीवन है	53
सब-कुछ बदल सकता है	56
त्यागपत्र	58
रेत का परदा	60
गोरे हमारी भाषा क्यों बोलते हैं?	63
स्वर्ण-नगरी	65
बन्दरों का बाज़ार	68
एक ख़ूबसूरत छक्का	71
कुत्ता	74
नयी सदी की नयी आज़ादी	77
बासा पानी	80
पहाड़ी की चोटी	82
कारोबार	83
मेरे भीतर उतरती दीवारें	86
तेनज़िंग	88
नकोटन	90
कीड़ा रेशम बुनता है	93
मुक्ति का अन्तराल	96
दरवाज़े	99
पेड़ों के बीच रास्ता	101
नंगी झोपड़ी पर पड़ा ताला	104
पचास बरस का बेकार आदमी	106

आकाशवाणी

डॉ. दीनदयाल पट लेटे थे। सर्पासन की साँस छोड़ रहे थे। चाहे आसमान टूट पड़े, वे सुबह सर्पासन ज़रूर करते थे। पिछले जाड़ों में बाथरूम में उनका पैर फिसला था और वे बायें कन्धे के बल फ़र्श पर गिर पड़े थे। फिर जाड़ों भर भयंकर स्पोंडिलाइटिस का दौर चला। रात में वे दर्द से चौंककर जाग जाते और कराहने लगते। एक डॉक्टर से दूसरा डॉक्टर। विवेकानन्द हॉस्पिटल से मेडीकल कॉलेज। व्यायाम और गर्म सेंक। फिर आयुर्वेद और होम्योपेथी। अन्त में उन्हें लगा था कि सर्पासन ने ही उन्हें राहत दी थी।

फेफड़ों में भरी थोड़ी हवा बाक़ी थी। तभी कोई हल्के-से आकर पीठ पर बैठ गया। कमरे में उसके नंगे पैर आने की आवाज़ नहीं हुई थी। अचानक लगा कि पीठ पर मोर के कुछ पंख गिरे हैं। वे मुस्कराये। मुन्ना के सिवा कौन हो सकता था? नौकरानी का यह डेढ़ वर्ष का बच्चा कुछ भी कर सकता था। वे एक दिन आराम-कुर्सी पर बैठे थे। वह आकर धम-से उनकी गोद में बैठ गया और उनकी श्वेत-श्याम दाढ़ी से खेलने लगा। वे सुबह-सुबह लॉन की घास पर बैठे अख़बार पढ़ रहे होते और वह चुपचाप आकर बग़ल में बैठ जाता और उनका चाय का कप अपने होठों से लगाकर नीचे रख देता। फिर उनकी ओर ऐसे देखता जैसे पूछ रहा हो कि बताओ अख़बार में ऐसा क्या लिखा है जिसे तुम इस ब्रह्म-मुहूर्त की वेला में आँखें गड़ाये पढ़ रहे हो जबकि इसी समय धरती के पक्षी जागकर खुले चमकीले नीले आकाश में उड़े जा रहे हैं?

फिर डॉ. दीनदयाल अख़बार को घास पर चाय के ख़ाली कप से दबाकर रख देते और बच्चे की तरह बच्चे के साथ खेलने लगते। बच्चा अशोक के तने के पीछे छिप जाता। फिर जैसे चाँद बादल से निकलकर मुस्कराता है, उसी तरह वह तने के पीछे अपना सिर बाहर निकालता और हँसता। वे उसका चेहरा देखते रह जाते जैसे क्यारी में कोई नया गुलाब का फूल देखते रह जाते थे।

मुन्ना घर की नौकरानी का बेटा था जिसका पति किसी ऑफ़िस में काम करता था। वह कब डॉ. दीनदयाल का जिगरी बन गया, किसी को पता नहीं चला।

अचानक देखा गया कि वह सुबह उनके साथ नाश्ता करता है और दोपहर में जब वे विश्वविद्यालय से लौटते हैं तो उन्हीं के साथ खाना खाता है। मुन्ना की माँ यह सब देखकर पहले हैरान हुई, फिर उसे आदत हो गयी। वह मुस्करायी थी जब पहली बार मुन्ना आकर उनके सामने खड़ा हो गया था और उसने हाथ ऊपर उठा दिए थे। उसने सोचा था कि अभी मुन्ना को छोड़ दिया जाएगा। मगर डॉ. दीनदयाल ने उसे देखा और गोद में लेकर चूम लिया। तब यह तय हो गया कि मुन्ना पूरी कोठी में उसी तरह शरारत कर सकता था जैसे अपनी झोपड़ी में करता था। उसके लिए कोई फ़र्क़ नहीं था।

छुट्टी के दिन वह डॉ. दीनदयाल की स्टडी में घुस जाता और किताबें और पत्रिकाएँ और अख़बार पलटने लगता। कभी वह पत्रिकाएँ खोलकर तस्वीरें देखने लगता : हर स्त्री उसके लिए माँ थी, हर पुरुष पिता था और हर बूढ़ा 'अप्पा'! सा'ब की जगह 'अप्पा' कहना उसे डॉ. दीनदयाल ने ही सिखाया था। वह किताबों की क़तारें हैरत से देखता था : न यह खाने की चीज़ें थीं, न खेलने की। अप्पा बैठे-बैठे इनमें न जाने क्या ढूँढ़ते थे? वह अप्पा की मेज़ के सामने पड़ी कुर्सी पर चढ़कर बैठ जाता और उन्हें ग़ौर से देखने लगता जैसे किताबों से घिरे वे कुछ और हो गये हों।

एक दिन उसने दर्शन की एक किताब खोली और एक पन्ना फाड़ दिया। डॉ. दीनदयाल दौड़े, मगर उसे रोक न सके। दर्शन की किताब फाड़कर वह हँसने लगा। उन्होंने उसके गाल पर एक थप्पड़ मारा। मुन्ना चीख़ा। तब उन्हें होश आया। पता नहीं उसे चोट ज़्यादा बुरी लगी थी या अप्पा का इस तरह एक किताब की वजह से दुश्मन हो जाना? उनके हाथों के तोते उड़ गये। वे किंकर्तव्यविमूढ़ थे। मुन्ना हिचकियाँ खाकर रो रहा था। वे एक तन्द्रा में मेज़ की ओर चले, माचिस उठायी, फिर माचिस जलाते हुए किताबों की ओर बढ़े—तभी उनकी पत्नी ने कमरे में घुसकर उनके हाथों से माचिस छीन ली। वे मुन्ना की चीख़ें सुनकर कमरे में आयी थीं।

डॉ. दीनदयाल रो रहे थे।

मुन्ना को मक्खन बहुत पसन्द था। उसे नाश्ते की मेज़ पर मक्खन खाते हुए देखकर डॉ. दीनदयाल को बहुत सारी तस्वीरें और कैलेंडर याद आते जिनमें कृष्ण कन्हैया माखन हँडिया से चुरा रहे हैं, मुँह पर लपटा रहे हैं और खा रहे हैं। तब उन्हें वे सारे कैलेंडर सच लगने लगते। डॉक्टर मुन्ना के सामने अमूल की मक्खन की ईंट खिसका देते। वह खाने की मेज़ पर बीच में बैठता था जैसे अध्यक्षता कर रहा हो।

एक दिन अचानक वह नहीं आया।

''क्या वह बीमार है?'' डॉ. दीनदयाल ने पत्नी से पूछा।

''नहीं।''

''उसके माँ-बाप ठीक हैं?''

''वे गाँव चले गये।''

''क्यों?''

''उसके बाप की नौकरी अस्थायी थी। छूट गयी।''

डॉ. दीनदयाल नाश्ते की मेज़ पर बैठे थे। अध्यक्ष नहीं था। मक्खन खुला रखा था। उन्होंने उस ओर नहीं देखा। उन्हें लगा, उन्हें भूख नहीं है। तभी आकाशवाणी हुई :

''खाओ, मक्खन खाओ। तुम मक्खन खा सको, इसलिए मुन्ना गाँव में सूखी रोटी खा रहा है। धरती पर आधे लोग मक्खन खाएँ, इसलिए आधे लोगों का भूखा रहना ज़रूरी है। लाखों बच्चे भूख से तड़पते हैं जब तुम मक्खन खाते हो। यह अच्छा है कि वे सब मुन्ना नहीं हैं। वरना तुम मक्खन कैसे खाते?''

रोटी, कपड़ा और मकान

पत्नी घबरायी, जब रमाकान्त को मकान के सपने आने लगे। सुबह उठकर चाय पीते हुए वह उसे अपना मकान का सपना सुनाता और कहता कि सुबह का सपना सच होता है। सपने में वह कभी एम.आई.जी. का मकान देखता, कभी फ़्लैट और कभी कोई प्लॉट, जिसके पिछवाड़े यमुना बह रही होती और प्लॉट जैसे अपने सीने पर एक मकान का इन्तज़ार कर रहा होता। कुन्ती को अपने पति का अचानक इस तरह पलटी खा जाना समझ में नहीं आता था। उनकी शादी को दो दशक हो गये थे। वे हमेशा किराये के मकानों में रहे थे। रमाकान्त बार-बार अँग्रेज़ी की कहावत दुहराता कि मूर्ख मकान बनाते हैं और बुद्धिमान उनमें रहते हैँ। वह यह भी कहता कि मेरी समझ में नहीं आता कि लोग रिटायर होकर मकान क्यों बनवाते हैं— हाथी निकल गया और पूँछ के लिए मकान!

रमाकान्त की नौकरी ऐसी थी कि उसने हर चौथे-पाँचवें बरस में शहर बदला था और शहर के साथ मकान। कभी-कभी वह सोचता कि यह अच्छा संयोग था, क्योंकि चार-पाँच बरस में किराये बहुत बढ़ जाते थे और मकान-मालिक से रिश्ते खट्टे हो जाते थे— मकान-मालिक सोचने लगता कि नया किरायेदार आये, तो पूरा किराया मिले। जब वह मकान किराये पर लेता, तो पूरा किराया देता था, इसलिए सम्बन्ध मधुर रहते। फिर बाज़ार-भाव बढ़ता और मकान ऊँचा शेयर हो जाता, जिसे मकान-मालिक भुनाना चाहता!

पिछले कुछ महीनों से ऐसी ही स्थिति थी। जब से इलाके में एक बड़ा अस्पताल और दो सरकारी दफ़्तर आये, किराये अचानक डेढ़ गुने हो गये थे। तभी एक दिन मकान-मालिक मल्होत्रा ने सुबह-सुबह आकर रमाकान्त को सलाह दी थी कि वह मकान बदल ले, शहर के बाहरी इलाके में मकान सस्ते हैं। रमाकान्त तिलमिला गया था। मल्होत्रा फिर बार-बार आने लगा। हॉल में कोई भी मेहमान बैठा होता और मल्होत्रा जान-बूझकर कहता, ''मकान बदल लो। गाँधी नगर सस्ता है।''

"मैं नेहरू नगर में ही रहूँगा!" रमाकान्त पिछली बार चीख़ा था।
"आपको गाँधी नगर जाना होगा," मल्होत्रा ठंडी आवाज़ में बोलकर चला गया था।
तभी से उसे मकान के सपने आने लगे थे। जब उसने अपने सपने का ज़िक्र मुझसे किया, तो मैंने कहा, "तुम डर गये हो।"
"किससे?"
"मकान से।"
"नहीं," वह बुदबुदाया।
मैं हँसा।
"मैं क्या करूँ?" उसने आसमान की ओर देखा।
"तुम एक काम करो।" मैंने कहा।
"क्या?"
"तुम गाँधी नगर चले जाओ।"
उसने मुझे घूरकर देखा, "वहाँ भी दो-तीन साल में यही स्थिति हो जाएगी।"
"फिर तुम और बाहर चले जाना।" मैं बोला, "जहाँ अम्बेडकर नगर बन रहा है।"
"क्या मैं ज़िन्दगी-भर खानाबदोश बंजारा बना रहूँगा?" वह चीख़ा।
"हम धरती पर बंजारे ही हैं," मैंने ठंडे स्वर में कहा, "चाहे क़िले में रहें या महल में!"
वह खिलखिलाकर हँसा, जैसे मैंने कोई मज़ाक किया हो।
उसने उस रात फिर मकान का सपना देखा। उसने देखा कि दयालबाग़ के आगे घनी हरियाली और सघन पेड़ों का एक झुरमुट है, जिसके बीचोबीच एक शानदार कोठी खड़ी है, जिसका रंग हरा है— जो हरियाली और पेडों में छिप जाता है। छिपने का एक कारण यह भी है कि वह एक ही मंज़िल की कोठी है, जिसकी छत पर टी.वी. का डिश एंटीना आकाश की ओर मुँह किए बैठा है। पीछे से यमुना के बहने की आवाज़ आ रही थी, जो हवा की आवाज़ में गुँथी थी। वह न जाने कितनी देर अपनी हरी कोठी देखता रहा और पानी और हवा की आवाज़ें सुनता रहा, जैसे नदी और आसमान के मकान में बैठा हो।
फिर कोई आँधी आयी।
नदी, आसमान और मकान— सब बिला गये। वह आँखें मलते हुए उठा। उसने देखा कि रसोई के दरवाज़े पर मेहरी खड़ी थी और कुन्ती उससे कह रही थी, "ऐसी सर्दी में सिर्फ़ ब्लाउज़ पहना है। रुक, तुझे स्वेटर देती हूँ।"
मेहरी की गोद में बच्चा रो रहा था। मेहरी बोली, "दीदी, पहले इसे एक रोटी

दे दो। घर में कुछ नहीं था। वह भूख से रो रहा है।''

रमाकान्त मकान का सपना याद करते हुए बाथरूम में घुस गया। उसे पता नहीं था कि मेहरी ने उसी रात कपड़े का सपना देखा था और उसके बच्चे ने रोटी का सपना!

दिल्ली में लँगोट

"लँगोट है?"

"नहीं।"

"कहाँ मिलेगा?"

"पता नहीं।"

मैंने मुँह मोड़ लिया और डी.डी.ए. बाज़ार के बरामदे में चलने लगा। एक रेडीमेड कपड़ों की दुकान पर रुककर फिर मैंने वही प्रश्न दुहराये और वही उत्तर पाए जैसे परदे पर वही दृश्य फिर आ गया हो। यह दूसरी बार नहीं था। यह शायद बीसवीं बार था। या शायद इक्कीसवीं बार। मैं मधु विहार के बाज़ार से बेज़ार होकर यहाँ आया था। मधु विहार का बाज़ार अन्दर की गलियों में कुछ क़स्बाई-सा लगता था। मुझे उम्मीद बँध गयी थी कि यहाँ लँगोट ज़रूर मिल जाएगा। मैं बाज़ार की गलियों में चारों ओर पूछता रहा था, "लँगोट है?"

दिल्ली में लँगोट नहीं था।

मैंने ग़ौर किया था कि जब मैं दुकानदार से लँगोट के बारे में पूछता था तो वह हल्के से मुस्कराने लगता था जैसे मैं लँगोट नहीं शेर या तेन्दुआ माँग रहा हूँ। लँगोट की सख़्त ज़रूरत थी। मुझे ज़रूरत नहीं थी। मैंने कभी लँगोट नहीं पहना था। जब से होश सँभाला मैं बनियान के जोड़ की चड्डियाँ पहनता रहा। ज़रूरत पिता को थी। वे कुछ बरसों से लँगोट पहनते थे जब से उन्हें हॉर्निया की शिकायत शुरू हुई थी। वे कल बरेली से आये थे। आज सुबह उनका लँगोट फट गया था। दूसरा लँगोट वे लाना भूल गये थे। उन्हें लँगोट की ज़रूरत थी। उन्होंने कहा था—

"बेटा, मेरी आँत उतर गयी है। मैं खड़ा नहीं हो सकता। जब लँगोट लाओगे तो मैं खड़ा होकर उसे बाधूँगा और खड़ा हो जाऊँगा।"

पिता उतरी आँत लिये घर में बैठे थे। उनकी आँत उतरने का मूल कारण शायद मेरा चौथी मंज़िल का फ़्लैट था। वे सुबह-सुबह बिना लँगोट पहने एक बार नीचे उतर गये थे। जब वे बाथरूम से बाहर आये तो उनकी नज़र नीचे बने मन्दिर पर

पड़ी थी जिसमें आरती हो रही थी और शंख बज रहे थे। वे प्रसाद लेने नीचे उतर गये। प्रसाद पाकर चरणामृत पीकर जब वे फिर सीढ़ियाँ चढ़े तो उनकी आँत उतर गयी। 'राम-राम' जपते और एक हाथ से अपनी आँतें थामे वे ऊपर आये और बैठ गये जैसे अनशन पर बैठे हों। घर आकर जब मैंने उन्हें बताया कि लँगोट नहीं मिला तो वे हँसने लगे :

"क्या दिल्ली में लँगोट नहीं है?"

फिर उन्होंने एक बच्चे की तरह कहा, "दिल्ली देश की राजधानी है। देश को हॉर्निया हो गया तो क्या होगा?"

"ऑपरेशन होगा," मैंने कहा, "राजधानी में ऑपरेशन तुरन्त हो जाता है।"

सहसा आँत पर हाथ रखकर वे चीखे, "आह! देश क्या राजधानी में ही है। बाहर जाओ।"

मैं बाहर आया। स्कूटर स्टार्ट किया और मधु विहार के चौराहे को पार करके मुख्य सड़क पर आ गया। बायीं ओर शहर था। मैं विपरीत दिशा में मुड़ गया। अगले चौराहे पर बायीं ओर 'गाज़ियाबाद' की पट्टी लगी थी और दायीं ओर 'नोएडा' की। सामने कोई पट्टी नहीं थी। ढाल थी जैसे सड़क शहर छोड़कर भाग रही हो। मैंने स्कूटर ढाल पर डाल दिया। जल्दी ही समतल सड़क आ गयी। स्कूटर आगे बढ़ता रहा। मैंने रोका नहीं। न मैं यह सड़क जानता था, न मैं यहाँ कभी आया था।

कुछ देर बाद सड़क पर कुछ बुग्गियाँ नज़र आयीं जिन पर चारा लदा था। मैं निहाल हो गया। कोई गाँव होगा। लँगोट मिल जाएगा। सड़क एक क़स्बाती बाज़ार से गुज़री। मैं दुकानें देखता हुआ आगे बढ़ा। एक कपड़ों की दुकान नज़र आयी। मैंने स्कूटर रोक दिया।

"भैया, लँगोट है?"

"नहीं।"

"कहाँ मिलेगा?"

"आगे गाँव है।"

आगे गाँव नहीं था। या शायद कोई बड़ा गाँव था। बाज़ार भी बड़ा था। एक किलोमीटर सड़क पर फैला हुआ। मैंने आधा दर्जन कपड़े की दुकानों पर पूछा। कहीं लँगोट नहीं था। आख़िरी दुकान पर दुकानदार ने बताया कि अब कोई यहाँ लँगोट नहीं पहनता। लँगोट सिर्फ़ अखाड़ों में नज़र आता है। इस गाँव में कोई अखाड़ा नहीं है। जब मैंने उसे बताया कि मुझे लँगोट कुश्ती के लिए नहीं, उतरी आँत के लिए चाहिए तो वह तुरन्त पसीज गया। उसने कहा कि मेरे पास मशीन है, मैं सिल देता हूँ।

मैं लँगोट का निर्माण होते देखता रहा।

तभी वहाँ एक शानदार आदमी एक शानदार मारुति में एक शानदार लैब्राडोर कुत्ता बिठाये सड़क पर गुज़रा। मैंने सोचा कोई दिल्ली-निवासी शहर से बाहर जा रहा होगा। मैं ग़लत था। लँगोट सिलते हुए दुकानदार ने बताया कि ये चौधरी साहब इसी गाँव में रहते हैं। जब मैंने पूछा कि इस गाँव में ऐसे कितने कुत्ते हैं, तो दुकानदार ने ताईद की कि दूसरा नहीं है। इसे चौधरी साहब ने दिल्ली से मँगाया है। कहते हैं, यह बड़ा ज़बर्दस्त सन्तरी-कुत्ता है। मुझे याद आया कि बरेली के सेठ घनश्यामदास की कोठी में भी यही कुत्ता है जो रात-भर गश्त देता है। दिल्ली के गाँव में अब लँगोट नहीं था, लैब्राडोर था।

मैं लँगोट लेकर दिल्ली वापस लौटा।

मुस्कान

उसकी मुस्कान संक्रामक थी।

वह दफ़्तर में युवतर अधिकारी था। लोग मज़ाक़ करते कि जगदीश के दूध के दाँत भी अभी नहीं टूटे हैं, मसें भीगना तो दूर की बात है। कोई उसकी मुस्कान को दूध के दाँतों की मुस्कान भी कह देता। वह सुबह दफ़्तर में मुस्कराता हुआ घुसता था। जब उसकी मेज़ पर कोई जाता तो वह सिर उठाकर फिर मुस्कराने लगता जैसे मुस्कराना उसके काम में ही शामिल हो।

लोग उसे देखकर मुस्कराने लगते।

''कॉलेज से नये-नये आये हो?'' कोई पूछता।

''हाँ,'' वह कहता।

''कब निकले?''

''पिछले साल।''

लोगों का ख़्याल था कि दफ़्तर की एकाध साल की रगड़ से मुस्कान स्वत: चेहरे से ग़ायब हो जाएगी। एक साल हो गया, दूसरा साल हो गया। मगर कुछ नहीं हुआ। जगदीश के चेहरे की मुस्कान पूर्ववत् खिंचती रही। यह मुस्कान बाज़ार में भी उभर आती जब वह खाद विक्रेताओं की दुकानों पर निरीक्षण के लिए जाता। पहली बार जब उसने एक थोक विक्रेता की दुकान से यूरिया का नमूना लिया, तो विक्रेता ने उससे दूसरे बोरे से नमूना लेने के लिए दाँत निपोरते हुए अनुरोध किया।

''दूसरे बोरे से क्यों?'' जगदीश ने मुस्कराते हुए कहा।

''क्योंकि मैं सरकार से विनती कर रहा हूँ,'' सेठ गेंडामल उसी तरह खीसें निपोरे था।

दुकान में दुकान के लोगों के अलावा कोई नहीं था। सेठ गेंडामल ने सौ के नोटों की एक नन्ही-सी गड्डी जगदीश की जेब में डाल दी। जगदीश ने गड्डी वापस सेठ गेंडामल की जेब में डाली और उसी बोरे से नमूना लेकर मुस्कराते हुए दुकान से बाहर निकल गया।

जगदीश की इस मुस्कान की ख़बर बाज़ार में फैल गयी। दफ़्तर में भी इस मुस्कान की ख़बर पहुँची। कुछ लोगों ने उसे समझाने की कोशिश की। उन्होंने कहा कि गेंडामल जो सुलूक जगदीश की जेब के साथ कर रहा था, वह यहाँ का दस्तूर है। "क्या इस दफ़्तर का कोई कानून है?" जगदीश के इस सवाल पर लोग मुस्कराने लगे। एक ने कहा, "ऐसे कानून लिखे नहीं जाते।" जगदीश ने पूछा, "और अगर ऐसा अनलिखा कानून किसी लिखे कानून से टकराये तो?" तो यह एक म्यान में दो तलवारों की तरह होगा, जवाब आया।

इस जवाब पर जगदीश मुस्काराने लगा जैसे हमेशा मुस्कराता था।

तब लोगों ने जाना कि ऐसी मुस्कान दफ़्तर में पहली बार आयी है। लोग असमंजस में पड़ गये। फिर भौचक्के हुए। और अन्त में उनके चेहरे चौकन्ने हो गये। पहले वे जिस तरह जगदीश की मुस्कान के जवाब में होठ खोलकर मुस्कराने लगते थे, अब उनके होठ उस तरह नहीं खुलते थे। बल्कि कभी-कभी खुलते ही नहीं थे। बन्द होठ कुछ फैल ज़रूर जाते जैसे मुँह की जेब फूल रही हो।

चूँकि दफ़्तर के लोग अपनी जेब को बहुत प्यार करते थे, इसलिए उन्होंने जगदीश कुमार के शैक्षिक और पारिवारिक अतीत की खोज शुरू की। पता चला कि वह मुजफ़्फ़रनगर के एक मध्यवर्गीय परिवार का इकलौता कुलदीपक है। उसके पिता स्थानीय गर्वमेंट हाई स्कूल में हैडमास्टर थे, जिनके बारे में मशहूर था कि वे मुस्कराते नहीं। उनके बारे में मशहूर था कि वे किसी की नहीं सुनते। चूँकि यह सरकारी स्कूल था, इसलिए वे चल गए, लोग कहते, वरना कब के स्कूल से चले गये होते। ऐसे बे-मुस्कान बाप का सदा मुस्कराता बेटा कैसे सम्भव हुआ, लोग अचरज करते। कोई यह कहकर मुस्कराता कि बेटे पर मुस्कराने की दुहरी ज़िम्मेदारी है। यह भी कहा गया कि वह घर में मुस्कान की खोज करता पैदा हुआ। मुस्काराने के अलावा जगदीश मेरठ के कॉलेज में गाने के लिए मशहूर था। वह मोहम्मद रफ़ी के ऊँचे खिंचे हुए गीत गाता था जिनमें जज़्बा और ट्रेजेडी घुले होते थे। वे अकसर प्रेम-गीत होते। उसने विवाह नहीं किया था। कुछ लोग हँसी-हँसी में उसके कुआँरेपन को मोहम्मद रफ़ी और असफल प्रेम से भी जोड़ते। जब कोई सीधा उससे इस बारे में पूछता, तो वह हँसकर कहता—

"शादी का प्रेम से क्या रिश्ता?"

वह बिन्दास था। गाता था। जब गाता नहीं था, तो मुस्कराता था। यह ताज्जुब की बात थी कि ये बातें कॉलेज में उसी तरह मशहूर थीं जैसे दफ़्तर में। लोग कल रात ताज के सूने रास्ते में उसकी हत्या के बाद यह बात करते थकते नहीं थे। पूनम की चाँदनी रात में क्या वह इसीलिए मारा गया कि वह कॉलेज में जैसे मुस्कराता था वैसे ही दफ़्तर में मुस्कराता था? ताज के रास्ते में जहाँ जमना का कछार है और

कुछ पेड़ हैं, वहीं उसकी मोटर-साइकिल और उसकी लहू-लुहान लाश सड़क पर पड़ी मिली। मोटरसाइकिल ताज से लौटती गिरी थी। जगदीश के तन पर अस्सी घाव थे। मगर वह चाँदनी में मुस्करा रहा था।

हत्यारों का कोई सुराग पुलिस को अभी तक नहीं मिला था। वह रोज़ की तरह कल भी दफ़्तर गया था। फिर उसने बाज़ार में पाँच दुकानों से डीएपी के नमूने लिये थे। यह रबी की बुआई का मौसम था। इस बार बाज़ार में डीएपी की बहुत किल्लत थी। यह अफ़वाह थी कि डीएपी के बोरों में बजरी की मिलावट हो रही है। सुनने में आया कि कालाबाज़ारी का कोई तन्त्र है जो शहर के पूरे बाज़ार में डीएपी के बोरे सप्लाई करता है। जो असल में डीएपी के बोरे नहीं हैं। पुलिस को तफ़्तीश में जगदीश के बाज़ार में आख़िरी बार नमूने लेते हुए किसी से झगड़े के कोई सबूत नहीं मिले। व्यापारियों ने बताया कि जगदीश कुमार दुकान पर मुस्कराते हुए आये थे और नमूने लेकर मुस्कराते हुए चले गये थे। विक्रेताओं ने तफ़्तीश पर आये तीन पुलिस अधिकारियों को चाय के साथ गाजर का गर्म-गर्म हलुआ और करारे नमकीन काजू खिलाये।

जिला कृषि अधिकारी के पास ऐसी कोई जानकारी नहीं मिली जो पुलिस की हत्यारों की तलाश में कुछ मदद करे। रजिस्टर में जगदीश कुमार उस दिन सही वक़्त पर दफ़्तर आया था और ग्यारह बजे बाज़ार जाने के लिए निकलकर चार बजे वापस आ गया था। उसके लाये हुए नमूने भी दफ़्तर में बाक़ायदा मौजूद थे, जो जल्दी ही लखनऊ मुख्यालय भेजे जाएँगे। सब काग़ज़-पत्तर चौकस थे। तीनों पुलिस अधिकारी दफ़्तर में एक घंटा रहे। चाय पी और चले गये।

उस वर्ष शहर में डीएपी की कोई कमी नहीं हुई। शहर के बाहर जमना के कछार में ताज के पीछे कहीं-कहीं रेत के गड्ढे पाये गये। उन्हीं गड्ढों के आस-पास किसी चाँदनी रात में कोई मुस्कराता भूत कभी-कभी नज़र आता, जिसके बारे में लोग चर्चा करते।

हरी पतंग

अपनी झोपड़ी के द्वार पर खड़े हुए जब कमला ने गली के मोड़ पर दस बाई दस की हरी पतंग देखी तो उसने भीतर की ओर मुँह मोड़कर आगे क़दम बढ़ा दिए। उसके दिल पर हौल पड़ा था। दिल ज़ोर-ज़ोर से धड़कने लगा था। चुनाव के दिनों में हरि यही विराट पतंग लिये शहर-भर में घूमता था और लौटकर पतंग झोपड़ी की दीवार पर टाँग देता था। पतंग लोकतन्त्र पार्टी का चुनाव-चिह्न थी।

झोपड़ी के बाहर चबूतरे पर लक्ष्मी सिर घुटाये बैठा था। आज हरि की तेरहवीं थी। लक्ष्मी को घेरे बस्ती के कुछ लोग चबूतरे पर थे, जो पास आते नेताजी को देखकर खड़े हो गये। नेताजी ने अपनी मोटर दूर सड़क पर छोड़ दी थी। उनके पीछे तीन लोग थे, जिनमें से एक हरे रंग की दस बाई दस की पतंग की डोर थामे था। पतंग बार-बार आकाश की ओर उठ जाती थी। अवध की गर्म शाम थी। वसन्त बीत गया था।

लक्ष्मी घुटनों में सिर दिए बैठा था। उसके सिर और ऊपरी होंठ पर कलछौंह देखकर कमला को हरि की याद आयी थी जब उनका विवाह हुआ था और वे बिलासपुर से लखनऊ काम की तलाश में आये थे। वे अपने गाँव के कुछ लोगों के साथ डालीगंज की सड़क के नीचे एक झोपड़ी में रुके थे जब वहाँ बुलडोज़र चला और झोपड़ी-निवासियों को जुगौली गाँव के बाहर ख़ाली ज़मीन पर जाने का हुक़्म हुआ। तब इमरजेंसी के दिन थे। नेताजी भी हरि की तरह जवान थे। उन्होंने नयी बस्ती में बिजली-पानी लाने में अगुवाई की थी और लोगों को बताया था कि फ़ासीवादी ताक़तें पैसे वालों की सड़कें साफ़ करती हैं और ग़रीबों को जंगल में खदेड़ती हैं। जुगौली गाँव तब शहर के बाहर था। तभी इमरजेंसी ख़त्म होते-न-होते नेताजी की लोकतन्त्र पार्टी बनी और हरि बस्ती में उसका प्रमुख कार्यकर्ता—जो चुनाव के दिनों में दिन-रात दस बाई दस की हरी पतंग लिये शहर-भर में घूमता था। चुनाव के दिनों में मिस्त्री की दिहाड़ी नेताजी उसे देते थे, जो उसका पेशा था।

कुछ माह पूर्व एक शाम बस्ती में ख़बर उड़ी कि बस्ती की ज़मीन लखनऊ

विकास प्राधिकरण ख़रीद रहा है और निवासियों को एवजी ज़मीन गोमतीनगर विस्तार के परे जंगल में मिलेगी जो यहाँ से दस किलोमीटर दूर है। अब जुगौली शहर के बीच में आ गयी थी। हरि को तब याद आया कि डालीगंज से जुगौली का जंगल भी पच्चीस साल पहले दस किलोमीटर दूर था। पच्चीस वर्ष में केवल दस किलोमीटर चले! अब फिर दूसरे जंगल दस किलोमीटर दूर जाना था। हरि हँसा था और अगली सुबह नेताजी से मिलने उनकी कोठी पर गया था। नेताजी अब सांसद थे। दिल्ली में सत्र चल रहा था। वे दिल्ली में थे। वह मन मारकर घर लौट आया था। बस्ती में ख़बर गर्माने लगी थी। लोग हरि को ताना देते— "चुनाव में पतंग लिये सड़कों पर पागलों की तरह घूमते हो। अपनी बस्ती के लिए कुछ करो।"

बात सिर्फ़ बस्ती की नहीं थी। अपने घर की बात थी। कमला चीख़ती— "लक्ष्मी इसी घर में पैदा हुआ। मैं यह घर नहीं छोड़ सकती।" जब हरि कहता कि मैं कोशिश कर रहा हूँ, तो वह बिफर जाती— "चुनाव में पतंग लेकर तो ऐसे नाचते हो जैसे तुम्हारा ही राज आने वाला है। अब बचाओ अपना घर!" एक दोपहर बस्ती में ऐलान हुआ कि सात दिन में सारे निवासी गोमतीनगर विस्तार के पार नयी ज़मीन पर चले जाएँ। नयी झोपड़ी बनाने के लिए वे अपनी पुरानी झोपड़ी का सामान ले जा सकते थे। किराया सरकार देगी। नयी ज़मीन मुफ़्त है! मुनादी सुनकर कमला ने कहा कि पच्चीस साल पहले यह ज़मीन भी मुफ़्त में मिली थी। वह अब काम पर नहीं जाती थी। पति और बेटा जाते थे। जब वे लौटे तो कमला ने उन्हें बताया।

अगली सुबह रोटी खाकर बस्ती के मर्द नगर निगम के दफ़्तर के सामने पहुँच गये जब दफ़्तर खुला। धरना चालू हो गया। 'जुगौली झोपड़ी कल्याण समिति' की ओर से प्रतिवेदन आयुक्त के पास भेजा गया। आयुक्त ने तीन प्रतिनिधियों को बुलाया। हरि के नेतृत्त्व में आयुक्त से बात हुई। उनकी माँग अपनी बस्ती बचाने की थी। आयुक्त ने कोई साफ़ जवाब नहीं दिया। आयुक्त ने अगले दिन भी कोई साफ़ जवाब नहीं दिया जब हरि ने साफ़-साफ़ घोषणा की कि यदि उनकी माँग न मानी गयी तो तीसरे दिन वह आत्म-दाह करेगा। उस रात रात-भर कमला रोती रही। वह चीख़-चीख़कर यही कहती—

"पहले नेताजी के लिए सड़कों पर भूखे-प्यासे चीख़ते थे। अब बस्ती के लिए जान देने को भी तुम्हीं बचे हो! मुझे नहीं चाहिए कोई झोपड़ी। चलो, वापस गाँव चलें।"

हरि ख़ाली आँखों से उसे रात-भर देखता रहा था।

तीसरे दिन सुबह उसे पता चला कि नेताजी उसी सुबह दिल्ली से लौटे हैं। वह आख़िरी मुलाक़ात के लिए दोपहर में पार्टी-ऑफ़िस पहुँचा। भीतर के बन्द

कमरे में मीटिंग चल रही थी। उसने अपने नाम की पर्ची भेजी। कोई जवाब नहीं आया। थोड़ी देर में नीचे होटल से सफ़ेद लिबास पहने दो वेटर हाथों में खाने का सामान लिये आये और अन्दर कमरे में चले गये। नेताजी बाहर नहीं आये। शायद पेशाबघर भी अन्दर था। घंटे भर बाद हरि ने एक और पर्ची भेजी, जिस पर लिखा था—

"आज मेरे आत्म-दाह का दिन है।"

उसी पर्ची पर नीचे एक शब्द लिखा अन्दर से आया— "रुकें।"

जब एक घंटा और बीत गया और नेताजी बाहर नहीं आए तो हरि को लगा कि उसने नेताजी का सन्देश नहीं समझा। वह घबरा गया। चार बजने वाले थे। पाँच बजे नगर निगम का ऑफ़िस बन्द हो जाएगा, वह तुरन्त उठकर बाहर आ गया। रास्ते में पेट्रोल पम्प था। उसने अपनी जेबें टटोली। ख़ाली थीं। पेट्रोल पम्प के सामने बड़े मियाँ की चाय की दुकान थी। उसने दुकान से प्लास्टिक का डिब्बा उठाया और बड़े मियाँ से पचास रुपये उधार लिये। डिब्बे में पेट्रोल भरवाकर वह नगर निगम के ऑफ़िस के सामने पहुँचा जहाँ उसके साथी नारे लगाते हुए उसकी प्रतीक्षा कर रहे थे। पुलिस हरि को न देखकर कुछ तितर-बितर हो गयी थी। हरि ने ऑफ़िस की सीढ़ियाँ चढ़ते हुए पेट्रोल अपने शरीर पर डाला और माचिस की तीली रगड़कर अपनी कमीज़ से छुआ दी। फिर वह चीख़ता हुआ आयुक्त के कमरे में घुसा और फर्श पर औंधे मुँह गिर गया। जब तक आग बुझायी गयी, उसका आधा जिस्म जल गया था। सिर्फ़ दायीं आँख खुली थी।

उसी रात अस्पताल में उसने दम तोड़ा।

नेताजी अस्पताल उसे देखने गये थे। अगले दिन वे भैंसा-कुंड पर भी पहुँचे जहाँ पंडित जी ने लक्ष्मी से हरि का अन्तिम संस्कार सम्पन्न करवाया। पार्श्व में गोमती डालीगंज से गुमसुम बहती हुई आ रही थी। धूप पानी पर शरों-सी चमक रही थी। वे अभी झोपड़ी के समक्ष चबूतरे पर बैठे हुए लक्ष्मी को सान्त्वना दे रहे थे। फिर उन्होंने कृष्ण की तरह लक्ष्मी से कर्म की महत्ता पर कुछ कहा और दस बाई दस की हरी पतंग अपने अनुचर से लेकर उसके हाथ में थमा दी। तभी कमला नंगे सिर बाल बिखेरे चीख़ती हुई अन्दर से दौड़ती आयी और उसने पतंग लक्ष्मी के हाथों से छीन ली। वह हर चीख़ के साथ पतंग को फाड़ रही थी जबकि उसके हाथ ख़ाली थे।

चिड़िया

यह रोज़ होता था। जब वह सुबह-सुबह बिस्तर पर जागता चिड़ियों की चहचहाहट उसके कानों में पड़ती। वे हमेशा उससे पहले जाग जाती थीं और चीं-चीं चीं-चीं का एक अम्बर रच देती थीं। यह उनके जीने की ख़ुशी थी जो वे हर सुबह पेड़ों के पत्तों, हिलती हुई घास, ठंडी हवा और नीले आकाश पर बिखेर देती थीं। कानों में जब चिड़ियों की हँसी पड़ती तो वह मुस्कराने लगता। आँखें खोलते हुए उसे लगता कि चारों ओर खुली सुबह और खिड़की में टँगा आसमान कितने दिलकश नज़ारे हैं। इस दृश्य में वह चिड़ियों और पत्तों के साथ हो जाता। उसे लगता कि वह पत्ते की तरह हल्का-फुल्का हवा में डोल रहा है और यही उसका काम है।

मगर यह अहसास टिकता नहीं था। जैसे-जैसे उसकी चेतना उभरती थी, वे छायाएँ जागने लगतीं जिनके साथ वह पिछली रात सोया था। ग़लतफ़हमियाँ पत्नी से लेकर राष्ट्रपति तक व्याप्त थीं। घर से लेकर संसद तक बहस और झड़पें होती थीं। जब वह घर में होता तो शून्यकाल होता। पिछली रात पत्नी ने फिर पूछा था कि जब तुम्हें हर रात इसी तरह देर से दारू पीकर आना था तो तुमने शादी क्यों की, कारण बताओ? उसने फिर कुछ लड़खड़ाती जीभ से कहा था कि मैं पत्रकार हूँ। आजकल संसद चल रही है, बहुत काम है, मैं क्या करूँ? क्या संसद में दारू बँटती है, पत्नी ने पूछा था, और क्या दारू पीना भी कोई काम है? उसने क्या जवाब दिया था, उसे याद नहीं था। क्या उसने कोई जवाब दिया था? या वह अन्तिम सवाल तक सो गया था? उसके ज़ेहन में सदन में देखा सुधा शर्मा का एक अदद किताबी चेहरा और सदन में स्त्री-आरक्षण पर चली बहस की छायाएँ थीं। वह इन्हीं छायाओं के साथ सोया था, जो फिर जाग गयीं। उसे आज तैंतीस प्रतिशत स्त्री-आरक्षण पर लिखना था।

उसने खिड़की में सिहरती सूर्य की किरणों और पेड़ की पत्तियों को देखा जिनके बीच छिपी चिड़िया अचानक धूप में चमकी। उसे चिड़िया से ईर्ष्या हुई।

तभी पत्नी चाय लेकर आ गयी। उसे याद आया कि प्रेम के आरम्भिक दिनों में वह उसे 'चिड़िया' कहता था। क्या उसके चेहरे पर अभी चिड़िया बची थी? वह उसे ढूँढ़ने लगा।

पेड़ पर बैठी चिड़िया उड़ गयी थी।

जड़ें

प्रोफ़ेसर राजबहादुर जब रिटायर हुए तो उन्होंने अपने शहर में बसने की सोची। उन्हें अपने शहर से बहुत लगाव था। इसका एक कारण तो यही था कि वे अपनी किशोरावस्था में ही अपने शहर से दूर हो गये थे— पहले पढ़ाई के सिलसिले में, फिर नौकरी जहाँ मिली वहाँ गये, पहले जलपायगुड़ी, फिर बम्बई, फिर दिल्ली। जब भी उन्हें मौक़ा मिलता, वे घर लौटते— अपने शहर। जब रेलगाड़ी शहर की सीमाओं में पहुँचती और पत्थरों की चट्टानें दोनों ओर नज़र आने लगतीं तो वे क़िले की ओर निहारते जो दूर शहर के बीचोबीच अपनी पहाड़ी पर पहले की तरह खड़ा होता। वे असल में हर बार क़िले को पहले की तरह खड़ा हुआ ही देखने आते थे। उन्हें तसल्ली मिलती। ढाढ़स बँधता।

क़िले के साथ घर भी अपनी जगह खड़ा था। घर अपनी जगह खड़ा ज़रूर था, मगर ख़ाली होता गया था। पहले पाँचों भाई-बहनों ने शहर छोड़ा। फिर वक़्त बीता। माँ-बाप चल बसे। घर में ताला पड़ा। जब राजबहादुर ने ताला खोला तो आँगन में जामुन की पत्तियाँ भरी थीं और कमरों में धूल और जाले थे। उन्होंने ऊपर बड़े कमरे में अड्डा जमाया जिसमें तीन ओर खिड़कियाँ और दो ओर दरवाज़े थे। उन्होंने पिछले जनम में इसी कमरे से शहर छोड़ा था— चार दशक पहले का समय उन्हें पिछला जनम ही लगता। क्या वे फिर इसी कमरे में पुनर्जन्म के लिए आये थे? ऐसा लगता था जैसे सब बीत गया है। यदि कुछ बाक़ी है तो यहीं होगा। वे उसी को ढूँढ़ने आये थे। शहर में सबसे पहले बचपन का दोस्त रासबिहारी मिला। उसका पत्थर का व्यापार था। वह अब सिविल लाइंस में एक आलीशान कोठी में रहता था और मारुति में चलता था। उसने पूछा, ''एकाध करोड़ मार लाये?''

''कहाँ से?'' राज आँकड़ा सुनकर हड़के।

''गुरु, आजकल कॉलेजों में बड़ा धन्धा है,'' रासबिहारी हँसा।

राज भी हँसे, ''एकाध करोड़ का क्या करूँगा?''

''ज़मीन दिलाता हूँ। कोठी बनाओ।''

राज दिल्ली में अपना डी.डी.ए. का फ़्लैट किराये पर उठाकर आये थे। पत्नी पिछले वर्ष न रही थी। एक बेटा बम्बई में था, एक कलकत्ता में। दोनों इतने सफल

थे कि पिता को हर बार अपने पास बुलाते थे, लेकिन पिता के पास नहीं आते थे। उनके पास जाकर राज को क्या मिलता? वे दिल्ली में अपने फ़्लैट में रह सकते थे। लेकिन अवकाश-प्राप्ति के बाद उन्हें वहाँ मौत का अवकाश ही नज़र आया था। उन्हें लगा था कि वे दिल्ली में रहे तो एक अच्छे फ़्लैट में एक अच्छी मौत के इन्तज़ार के सिवा क्या होगा! उन्होंने सोचा था कि झाँसी में अपने घर के किसी कोने में अभी उम्मीद बाक़ी है।

''मेरा तो शरीर भी किराये का है, दोस्त,'' राज ने हँसकर कहा, ''कोठी बनवाकर क्या करूँगा?''

अमरेन्द्र और समरेन्द्र अब शहर के व्यस्ततम वकील थे, एक फ़ौजदारी में, दूसरा दीवानी में। दोनों रात के दस बजे बैठक बन्द करते, दो-दो पैग शराब पीते और खाना खाकर सो जाते। वे राज के यूनीवर्सिटी के दिनों के साथी थे, जिनसे राज जब झाँसी आते तो अदालत में मिलते थे। वे ख़ुश थे कि वे कभी रिटायर नहीं होंगे। शाम को घूमने निकले तो मन्दिर के पुजारी सीताराम अन्धे हो गये थे और पड़ोसी रामचन्द्र के पास अब पाँच कबूतर बचे थे— पिछली बार उसने उन्हें छत पर ले जाकर अपने पचास कबूतर दिखाए थे।

क़िले की चढ़ाई और ढाल और उन्हें अपनी गिरफ़्त में लेता रात का अँधेरा वैसा ही था। चाँदनी में इधर-उधर बिखरी चट्टानें चमकतीं और क़िला मुस्कराने लगता। राज चट्टान पर लेटकर क़िले की ओर निहारते रहते जब तक चाँद क़िले के पश्चिमी दरवाज़े के सामने आकर दस्तक न देने लगता। ऐसा काफ़ी दिन चला। राज को लगा कि आँगन में जामुन के पेड़ पर सुबह-सुबह चिड़ियों का चहचहाना और पेड़ के पत्तों का हवा में हिलना काफ़ी है। फिर पत्तों पर सूरज की किरणों का गिरना और बिखर जाना था और पेड़ के ऊपर आकाश में रोशनी के पेड़ थे। उन्हें अपने बचपन का पेड़ और आकाश में फैली उसकी शाखें याद आतीं और नीले-नीले जामुनों का स्वाद याद आता। पता नहीं, अब जामुनों में वैसा स्वाद नहीं था— या जुबान में! क्या वे उसी स्वाद की ख़ातिर यहाँ आये थे?

यह जामुनों का मौसम था।

राजबहादुर बाग़ गये, सीपरी गये, नगरा गये, सदर गये, गुदरी गये। उन्होंने शहर के हर जामुन के पेड़ का फल चखा। हर फल में बचपन की याद थी। वह स्वाद नहीं था। स्वाद की याद थी।

शहर को न राजबहादुर का आना समझ में आया था, न जाना समझ में आया। शहर भौंचक्का रहा। लोग शहर छोड़कर राजधानियों में जाते थे। राज राजधानी छोड़कर अपने शहर वापस अकेले आये थे। फिर एक दिन वे अकेले चले गये। उन्होंने चलते-चलते कहा, ''जामुनों में स्वाद नहीं है। स्वाद की याद है।''

किसी को पता नहीं चला कि राजबहादुर कहाँ गये।

परिवार

तीन-चार बरस हो गये थे। मेरा तीनों भाइयों से मन-मुटाव था। चिट्ठी-पत्री नहीं आती थी, न मैं लिखता था। मन-मुटाव का कारण बूढ़ी माँ थी। वह मेरे पास थी। मैं चाहता था कि वह दूसरों के पास भी रहे। दूसरों के अपने-अपने कारण थे। किसी के पास जगह नहीं थी। किसी के पास जगह थी तो तीन बच्चे थे। कोई कलाकार था जिसे दीन-दुनिया से मतलब नहीं था। मैं कुछ-कुछ फँसा महसूस करता। पत्नी कहती कि न मैं मायके जा पाती हूँ, न कहीं तुम्हारे साथ बाहर जहाँ तुम नौकरी के बहाने हर माह दो-चार दिन को चले जाते हो और लौटकर कहते हो कि मैं बाहर इसीलिए जाता हूँ ताकि घर लौटूँ।

माँ अब मृत्यु-शैया पर थी। डॉक्टर ने कहा था कि दो-तीन दिन से ज़्यादा नहीं बचेगी। माँ ने चौथे दिन सुबह मुझसे फिर कहा, ''राजेश, मेरी जान नहीं निकलेगी जब तक महेश, सुरेश और दिनेश नहीं आएँगे।'' मैंने डॉक्टर को बताया। डॉक्टर ने कहा, ''उन्हें बुला लो।'' पत्नी बोली, ''तुम्हें माँ की अन्तिम इच्छा पूरी करनी चाहिए।'' मैंने दिल्ली, कोलकाता और मैनपुरी फ़ोन कर दिया।

छठे दिन सुबह हम चारों माँ के पलंग को घेरे खड़े थे। माँ ने आँखें खोलीं। आँखें चारों ओर घुमाई। उनकी आँखें हँसीं। वे मुस्करायीं। फिर उन्होंने आँखें मूँद लीं। यह आख़िरी बार था। कुछ देर बाद हम चारों गोमती के किनारे उनकी चिता के चारों ओर खड़े थे। अग्नि बड़े ने दी। आग की लपट में बड़े के आँसू चमके। तब मैंने देखा कि मँझले और छोटे की आँखों में भी आँसू थे। मैं अपने आँसू भूल गया था।

गोमती हमारे आँसुओं की तरह बह रही थी। पानी पर धूप चमकती और बिखर जाती। कुछ कण चमकते रहते। पता नहीं चलता था कि वे कण पानी के थे या धूप के या सूर्य के कुछ टुकड़े थे।

हम लोग माँ को अपने साथ लेकर लौटे। हममें से हर एक यही चाहता था कि माँ उसी के पास रहे। एक तस्वीर थी। उसकी तीन कापियाँ करायी गयीं।

दुःख की खिड़की

निपट पर्दा चमक रहा था, जिस पर चलचित्र कभी बोलते, कभी चुप हो जाते। कभी-कभी चित्रों का चुप हो जाना अच्छा लगता। ऐसा लगता, जैसे छायाएँ आवाज़ के बिना ज़्यादा बोल रही हैं। ये छायाएँ एक हिजड़े की मूलभूत मानवीयता के इर्द-गिर्द बुनी गयी थीं, जो कचरे के ढेर से एक नवजात लड़की को उठा लेता है और उसे अपनी बेटी की तरह पालता है।

मैं और नीता दादाजी को ज़बर्दस्ती फ़िल्म दिखाने ले आये थे। हमने उन्हें बीच में बिठाया था। आज उनका पचहत्तरवाँ जन्मदिन था। मैं बीच-बीच में उनका चेहरा देखता— वे दत्तचित्त पर्दे की ओर देख रहे थे, जहाँ हिजड़े और उसकी बेटी के बीच रिश्ते की गुत्थी का नाटक चल रहा था। यह नाटक ही था। हम जानते थे कि हिजड़े की भूमिका करने वाला अभिनेता एक मँजा हुआ कलाकार है, जिसने अभी एक फ़िल्म में सरदार पटेल की सफल भूमिका निभाई थी और हिजड़े की बेटी असल में एक नामी निर्देशक की बेटी है। सरदार पटेल और हिजड़ा! मगर अभी पर्दे पर वह बाप का सुख और उसकी चिन्ताएँ झेलता हुआ विशुद्ध हिजड़ा था, जिसका मन पर्दे पर पारदर्शी हो गया था।

जैसे ही हॉल में अन्तराल की रोशनी हुई, दादा जी मुस्कराये और बोले, ''लोग अब अपनी असली भूमिका में आएँगे। वे पेशाब करेंगे और पेप्सी पिएँगे।''

हॉल में ज़्यादातर हमारी ही उम्र के लड़के-लड़कियाँ थीं। चारों ओर जींस-ही-जींस नज़र आ रही थी। सब बाहर जा रहे थे। मैं भी ज़्यादा देर एक जगह बैठ नहीं पाता था। दादा जी हँसकर कहते कि यह तुम्हारे खून के तापमान की वजह से है। जब मैंने उनसे पूछा कि क्या आप पेप्सी पिएँगे, तो उन्होंने मना कर दिया। मैं और नीता बाहर आये। हमने पेप्सी ली। नीता जब पेप्सी पीते हुए अपना ऊपरी होठ टेढ़ा करती, मुझे बहुत अच्छा लगता। तब मैं चौथी मंज़िल से नज़र आती धूप में लिपटी शहर की इमारतों और पेड़ों और आसमान को भूल जाता। मुझे घूरते हुए देखकर नीता हँसती और कहती, ''खिड़की के बाहर देखो। आकाश में चिड़िया

उड़ रही है।''

नीता मानी नहीं। उसने चलते-चलते एक पेप्सी ली और हॉल में अन्दर जाकर दादा जी को थमा दी। दादा जी हँसे और उन्होंने एक-दो घूँट भरे। फिर अँधेरा हुआ और फ़िल्म शुरू हो गयी। एकाएक लगा, जैसे हॉल में केवल छायाएँ बैठी हैं— असली जीवन पर्दे पर चल रहा है।

पर्दे पर दिन का उजाला था। हिजड़ा अपनी बेटी के लिए अधीर था। वह उसके लिए कुछ भी कर सकता था। हिजड़ा क्या कर सकता है? वह ख़ूब नाच-गाना करता और पैसे कमाता ताकि बेटी के हाथ पीले कर सके। एक दिन जब वह ख़ूब पैसा कमाकर लौटता है, तो हॉस्टल से भागी बेटी पहली बार उसे हिजड़े के असली रूप में देखती है। यह जैसे आदमी के अपना असली रूप देखने की तरह है! कोई बर्दाश्त नहीं कर पाता। जब बेटी ने बाप को 'हिजड़ा' कहा, तो दादा जी रो पड़े। मैंने चश्मे के नीचे उनके गाल पर आँसू की धार देखी।

घर में टीवी के सामने भी कभी-कभी ऐसा होता था। तब दादाजी उठकर अपने कमरे में चले जाते थे। वे हॉल से उठकर कहीं नहीं जा सकते थे— यद्यपि हॉल में अँधेरा था। जब वे घर में एक बार टीवी से उठकर अपने कमरे में चले गये थे, तो पापा ने बताया था कि दादाजी जीवन में कभी भावुक नहीं रहे। उन्होंने दादाजी को सिर्फ़ टीवी के सामने रोते हुए देखा था— वह भी अभी, पिछले कुछ बरसों में।

पता नहीं, यह अँधेरे की वजह से था या पर्दे से दूर न जा पाने की मजबूरी की वजह से, दादा जी आहिस्ता-आहिस्ता हिचकियाँ बाँधकर रोने लगे। कोई आवाज़ नहीं थी, मगर उनकी छाती उठ-गिर रही थी। मैं कनखियों से देखता रहा। भला मैं दादाजी को क्या ढाढ़स देता?

जब फ़िल्म ख़त्म हुई और हॉल की बत्तियाँ जलीं, तो मैंने अचरज से देखा कि दादाजी के चेहरे पर आँसुओं का कोई चिह्न नहीं था और वे अपनी गंगा-जमुनी दाढ़ी में मुस्करा रहे थे जैसे आँसू कोई सपना था जो बीत चुका था। लेकिन मैं दादाजी की हिचकियों को नहीं बूझ सका। मेरे लिये यह भी एक हैरत की बात थी कि हिजड़े की कहानी ने दादाजी को इस तरह विचलित किया था। भला हिजड़े के दुख में उन्होंने अपने दुख की क्या छाया देखी होगी?

मेरे मन में सवाल गूँजते रहे।

मैं रात में उनके कमरे में गया। वे आँखें मूँदे लेटे थे। कमरे में मेरे घुसते ही उन्होंने आँखें खोलीं। मैंने कहा, ''दादाजी।''

''हाँ।''

''आज आप अँधेरे में क्यों रोये?''

दादाजी हँसे, ''दुःख की खिड़की!''

मैं समझा नहीं। न मैंने कुछ कहा।

दादाजी फिर बोले, ''दुःख की कोई खिड़की अन्दर खुलती है, तो बाहर बावड़ी का पानी बहने लगता है।''

''अन्दर दुःख की इतनी बड़ी बावड़ी है, दादा जी?''

उन्होंने आँखें बन्द कर लीं थीं। उनकी आवाज़ कमरे में गूँजी, ''जितना बड़ा आदमी, उतनी बड़ी बावड़ी।''

''और सुख, दादाजी?'' मैंने दहलीज़ पर खड़े हुए पूछा।

''सुख टिकता नहीं, झर जाता है।'' वे हँसे। फिर उन्होंने कहा, ''मेरी बावड़ी पचहत्तर बरस की है।''

मृत्यु की कहानी

मुझे ठीक-ठीक याद नहीं कि मृत्यु कब पैदा हुई थी। तब मेरी क्या उम्र रही होगी? सम्भावना यही है कि मैंने उसे किसी क़िस्से-कहानी में सबसे पहले देखा हो और उसे कोई क़िस्सा-कहानी ही समझा हो जैसे बचपन में परियों और राक्षसों की कहानियाँ होती थीं। यह कहना भ्रामक होगा कि तब परियाँ और राक्षस झूठे थे। बचपन में न क़िस्से झूठे थे, न कहानियाँ। बल्कि कभी-कभी कहानियाँ ही सच्ची लगती थीं।

यह सिलसिला जवानी तक चला। मुझे प्रेम-कहानियाँ पढ़ते हुए रोना याद है जैसे सचमुच प्रेमी कभी न मिल पाते हों। यह बाद में हुआ कि मेरी प्रेमिका ने 'तीसरी क़सम' फ़िल्म देखकर आँखों में आँसू भरे मेरी ओर देखते हुए चिरंतन सवाल किया— "वे मिल क्यों नहीं गये?" हम भी नहीं मिले। मैंने एक बार किसी कहानी के पात्र की तरह आत्म-हत्या करने की कोशिश की। मैं एक पुल से कूदा था। नदी में पानी कम था। मैं रेत पर गिरा। रेत पर गिरने से पहले मैंने पहली बार हवा में अधर टँगे एक क्षण के लिए मृत्यु को साक्षात् देखा। सूर्य की चकाचौंध किरणों में मृत्यु सूर्य का बुझना थी। तब मैंने जाना कि ज़िन्दगी '1001 अरबी रातों' जैसी अनवरत दास्तान है जिसका कभी कोई अन्त नहीं चाहता। अरबी रातों का कभी अन्त होता भी नहीं। केवल कहानियाँ बदलती हैं और उनके पात्र भी।

यह सच है कि रेत पर अपने को जीवित पाकर मुझे ख़ुशी हुई थी। पहले स्फुरण। फिर विस्फोट। जैसे सूर्य एक बार फिर पैदा हुआ हो। मैंने पहली बार जाना था कि मृत्यु कोई कहानी नहीं है। फिर मैं 'अरबी रातों' की तरह कहानियाँ लिखने लगा जो अन्तहीन हैं। व्यास और वाल्मीकि की तरह मैं अपनी कहानियों का स्वयं पात्र हूँ। एक दिन मैं अपनी कहानी के किसी पात्र की तरह मर जाऊँगा।

क्या मैं तब जान सकूँगा कि मृत्यु की कहानी का यह अन्त मेरा है या किसी पात्र का?

क्या मैंने मृत्यु को कहानी बना दिया है?

धरती पर अकेली प्रार्थनाएँ हैं

क़ाग्ज़ी है पैरहन, हर पैक़र-ए-तस्वीर का* —*ग़ालिब*

ईश्वर मुझे घुट्टी में मिला था। मैं ईश्वर के त्योहार में बड़ा हुआ। चारों ओर ईश्वर के ढोल-ताशे बजते रहे। मैं दोनों हाथ जोड़े आँखें मूँदे रोज़ सुबह प्रार्थना करता रहा। प्रार्थना आहिस्ता-आहिस्ता कातर हुई जैसे-जैसे मेरी बेकारी के दिन बढ़े। फिर एक दिन मेरे दोनों हाथ ऊपर उठे रह गये। मेरी आँखें खुल गयीं थीं : ऊपर कुछ नहीं था। यह मैं प्राचीन गोआ में सेंट ज़ेवियर के गिरजे में खड़ा याद कर रहा था। मेरे सामने ज़मीन से छत तक विराट सलीब फैला था, जिसे किंवदन्ती के अनुसार लकड़ी के पटियों से ढँक दिया गया था क्योंकि धरती में गड़ा सलीब फैलता जाता था और लोग उसके टुकड़े लूट ले जाते थे ताकि अपनी हाजतें रवाँ कर लें। एक ओर छलछलाते आँसुओं की कातर प्रार्थनाएँ थीं। दूसरी ओर चमत्कारी सलीब के टुकड़े थे। लोग पहले उन्हें लूटते थे। अब धरती से आसमान तक फैले सलीब को देखते हैं। जैसे सलीब पटियों में छिपा था, गिरजे में मौजूद लोगों की आँखों में आँसू छिपे थे।

मेरी आँखें अचानक छलछला आयीं। मुझे लगा कि सलीब पर पटियों के साथ ईसा को दुबारा लटकाया गया है। यह शायद मेरी आँखों में झिलमिल आँसुओं का खेल होगा कि मुझे सब लोगों की आँखों में आँसू नज़र आये।

ईश्वर के हादसे के बाद मैंने हर चीज़ को नये सिरे से ढूँढ़ने की कोशिश की थी जैसे मैं दुनिया का पहला आदमी हूँ। मेरे सामने उजला समुद्र फैला था, जिसकी धवल लहरें अपने फेनिल चेहरे लिए किनारे की ओर भाग रही थी। किनारे पर पत्थरों की मुसलसल दीवार थी। यह डोना पाउला तट था। राजकुमारी डोना पाउला यहीं सदियों पहले अपने सैनिक प्रेमी के साथ समुद्र में कूद गयी थी। मुझे यह सम्पूर्ण प्रेम-कहानी लगी। एक तो हर प्रेमिका अपने आईने में राजकुमारी ही होती

* प्राचीन ईरान का रिवाज था कि फ़रियाद करने वाले काग़ज़ के कपड़े पहनकर आते थे।

है। दूसरे हर प्रेमी में सैनिक की एकनिष्ठता चाहिए— अन्यथा वह सच्चा प्रेमी नहीं है। और ऐसा प्रेम जिसमें प्रेमी जीवन-भर सैनिक बना रहे और प्रेमिका राजकुमारी— ऐसा प्रेम जीवन में सम्भव नहीं होता। रोम्यो-जूलियट की मृत्यु-सन्धि विख्यात है। मजनूँ सैनिक की तरह बियाबानों में लैला-लैला पुकारते पगला गया।

मैं डोना पाउला तट की पहाड़ी पर खड़ा था जहाँ मध्ययुगीन सैनिक और राजकुमारी की मूर्तियाँ थीं। वे यहीं से एक साथ समुद्र में कूदे थे क्योंकि धरती पर अपना प्रेम उन्हें असम्भव लगा था। समुद्र पहाड़ी के नीचे लगातार चीख़ रहा था। हर बार लगता कि चट्टानें टूटेंगी या समुद्र बिखरेगा। मगर समुद्र गरजता रहता और चट्टानें चुप रहतीं— जिन पर डोना पाउला और सैनिक की मूर्तियाँ औचक खड़ी थीं। मैं देर तक उन मूर्तियों को अपलक देखता रहा जैसे समय की दूसरी चट्टान पर खड़ा मैं ही सैनिक हूँ।

मैं मूर्तिवत् खड़ा था। हाथ को जुम्बिश नहीं। मैं इन्हीं शब्दों को प्रार्थना में ऊपर उठाता हूँ।

धरती पर अकेली प्रार्थनाएँ है।

सागर-चुम्बन

समुद्र में अँधेरा था।

किनारे से कुछ दूर समुद्र में लहरें उठ रही थीं, जो समुद्र के गर्भ से अपना सफ़ेद, फेनिल चेहरा लिये ऊँची उठतीं, फिर किनारे की ओर सरपट दौड़तीं और रेत को छूकर लौट जातीं। जहाँ वे उठती थीं, वहाँ उनका फेनिल चेहरा खिलखिलाता हुआ लगता था। फिर वे धीरज की तरह हहराती हुई किनारे की ओर ढह जातीं। समुद्र का अँधेरा उनके परे था। समुद्र दूर कहीं रात के आसमान में डूब रहा था। मगर क्षितिज नज़र नहीं आता था जो समुद्र और आसमान को बाँट दे। ऐसा लगता था जैसे समुद्र ही दूरियों में कहीं उलटकर सिर पर टँग गया है।

आकाश में तारे नहीं थे। न चाँद था। कुछ बादल थे।

मैंने तीन दशक पूर्व पहली बार समुद्र देखा था। धरती इतनी विराट है, यह मैंने समुद्र देखकर जाना। तभी मुझे नौकरी मिली और मेरी क़स्बई उदासी का दौर ख़त्म हुआ। एक महानगर मेरे सामने किसी क्रूर चमत्कार की तरह खुला जैसे समुद्र खुल रहा हो। फिर दोनों जैसे मेरे मन में गड्मड् होते लगे। शायद यही कारण था कि मैंने अपनी प्रेमिका को पहली बार जुहू-तट पर ही चूमा था। ऐसा ही अँधेरे का मौसम था। बूँदें पड़ रही थीं।

जो इस वक़्त मेरे साथ रेत पर चल रहा था, वह मेरा उन्हीं दिनों का दोस्त है—रजनीश। कुछ दिन हम अन्धेरी में एक गेस्ट-हाउस के एक कमरे में एक साथ रहे थे। फिर मैंने विवाह किया और अलग रहने लगा। जब मैंने नौकरी बदली, उसने अपनी नौकरी छोड़ दी थी। मैं नयी नौकरी और नयी बीवी लेकर कोलकाता चला गया था। ''तुम क्या करोगे?'' मैंने उससे नौकरी छोड़ने पर पूछा था।

''स्ट्रगल,'' उसने ठंडी ज़बान से कहा था।

''कहाँ?''

''फ़िल्म-इंडस्ट्री में।''

मुझे मालूम था, वह लिखता है। उसकी कहानियाँ मैंने पत्रिकाओं में देखी थीं।

लेकिन फ़िल्मों में लिखने के लिए नौकरी छोड़ने का मतलब एक सट्टा था, जिसके पीछे दौलत का लालच था। उसका कहना था कि नौकरी से दस बरस में एक कमरे का फ़्लैट भी मुश्किल होगा, जबकि फ़िल्मी सफलता का मतलब जुहू में बँगला होगा। कोलकाता से मुम्बई मैं कभी-कभार काम से आता था और वह कभी चर्चगेट, कभी अन्धेरी, कभी चौपाटी पर मिलता। मैं पूछता, ''क्या कर रहे हो?''

''स्ट्रगल,'' वह हँसता।

पिछली बार जब उसने मुझे फिर यही जवाब दिया तो मैं फट पड़ा था। मैंने उसे बताने की कोशिश की थी कि सट्टा जीवन जीने का कोई शऊर नहीं है।

''यह सट्टा नहीं है,'' उसने कहा, ''यह मेरा जीवन है।''

जब मैंने ज़िद की तो उसने फिर कहा, ''तुम क्या समझते हो कि एक अदद टुटपुँजिया नौकरी और बीवी-बच्चों के साथ उम्र गुज़ारना ही जीवन है?''

संकेत मेरी ओर था। उसने न नौकरी की थी, न शादी। यह भी सच है कि मुझे पहली बार अपनी जीवन-शैली पर सन्देह हुआ था। मैंने अपनी नौकरी और परिवार को ही जहान समझ लिया था। मुझे लगता था कि अपनी प्रेमिका पाने और पिता होने और धरती देखने का सुख किसी शहंशाह के सुख से कम नहीं है!

मैंने सोचा नहीं था कि वह इस तरह मिल जाएगा। मैं कल मुम्बई आया था और आज शाम जुहू-तट चला आया था। तट की रेत पर रजनीश ने ही मुझे पहचाना और गले लगाया था। मैं उसके साथ रेत पर चलते हुए उसके बारे में सोच रहा था। हमारे चारों ओर नम, समुद्री हवा थी, कुछ रोशनियाँ थीं, रेत पर दौड़ते घोड़े थे और बहुत-से जोड़े थे, जो हाथ-में-हाथ डाले चुप थे या खिलखिला रहे थे।

''क्या सोच रहे हो?'' उसने पूछा।

''तुम्हारे बारे में।''

मुझे लगा कि उसकी आर्थिक स्थिति पहले की तरह अनिश्चित थी। यह उसके कपड़ों से ज़ाहिर था। उसकी घिसी और फटी और गन्दी जींस के लिए तो फ़ैशन का बहाना था, मगर बदरंग कमीज़ के लिए कोई बहाना नहीं था। इससे भी ज़्यादा हैरत की बात यह थी कि ये जवानों का लिबास उसे फब रहा था। न मेरी तरह उसके तोंद थी, न चेहरे पर झुर्रियाँ और न बाल सफ़ेद थे। ख़ैर, बालों पर तो खिज़ाब लग सकता था— लेकिन तोंद और झुर्रियाँ? मेरा हमउम्र होने के बावजूद वह मुझसे दस साल छोटा लगता था।

हम रेत पर चल रहे थे। गरजता हुआ सागर हर क़दम साथ चल रहा था।

उसने दूसरी बार मुझसे पूछा था, ''क्या? क्या सोच रहे हो मेरे बारे में?''

वह मुझे बता चुका था कि वह एक रात्रि-पाठशाला में पढ़ाता है और उसी से दाल-रोटी चलती है। दिन में वह 'संघर्ष' करता था। मैं मध्यवर्गीय नौकरी और

परिवार चलानेवाला आदमी कला का संघर्ष क्या जानूँ? वह जब संघर्ष का ज़िक्र करता, तो उसका मतलब यही होता था।

"कुछ काम बना?" मैंने पूछा।

"बस डियर, अगले माह पक्का हो जाएगा। एक जगह संवादों की और दूसरी जगह पूरी फ़िल्म की बात चल रही है।"

यही बात सुनते-सुनते मैं अब बूढ़ा हो गया था। मगर वह यही बात बरसों से हर बार मुझसे कह रहा था और बूढ़ा नहीं हो रहा था। उसकी आवाज़ में वही उम्मीद और रोशनी थी!

सागर का अँधेरा फिर गरजा।

हल्की-हल्की बूँदें आकाश से गिरीं। हम चलते रहे। हम सागर के इतने नज़दीक थे कि वहाँ किनारे की दुकानों या ठेलों का प्रकाश नहीं आ पाता था, अलबत्ता सागर का अँधेरा ज़रूर था। हम रेत पर चुपचाप चल रहे थे। एकाएक मैंने सामने देखा कि समुद्र की एक लौटती लहर के पास मैं खड़ा हुआ एक लड़की को चूम रहा था... यह मेरा समुद्र-तट पर पहला चुम्बन था! जब रजनीश ने मेरी बाँह पर हाथ रखा तो मैंने जाना कि मेरे और सागर-चुम्बन के बीच एक ज़माना गुज़र गया था।

एक युवा युगल बरसते मेह में सागर की अँधेरी आवाज़ों के बीच एक-दूसरे को चूमता मौन रेत पर खड़ा था।

जैसे हम सागर-चुम्बन का सम्मान कर रहे हों, हम कुछ दूर हटकर दूसरी ओर निकल गये। मेह बरस रहा था। समुद्र चीत्कार कर रहा था। बादल गरजा जैसे समुद्र के गर्भ से आवाज़ उठी हो। बिजली की तड़पती रेखा अचानक आकाश को चीरकर सृष्टि के आर-पार निकल गयी। मुझसे एक बार पलटे बिना न रहा गया। मैंने देखा कि रेत जहाँ चूमता जोड़ा खड़ा था, एक बार चमकी— युगल अविचल खड़ा रहा। जिस क्षण बिजली चमकी थी, पगलाया समुद्र और चुम्बन-रत युगल और आकाश और रेत— सब दीप्त हो गये थे। फिर एकाएक अँधेरे का परदा दृश्य पर झिलमिलाया।

"जब बादल गरजा," रजनीश ने कहा, "तो मुझे लगा जैसे समुद्र गरजा हो।"

"मुझे भी यही लगा," मैंने कहा।

"हालाँकि फ़र्क़ क्या है? बादल समुद्र की छाया है।"

चुप्पी छा गयी। आकाश और समुद्र मौन हो गये। केवल रेत पर हमारे क़दमों की आवाज़ें थीं... सर्र-सर्र। मैंने वर्षा की बूँदों की ओर कान लगाये। तभी सागर उछलता हुआ किनारे की रेत पर आ गया जहाँ हमारे पैर चल रहे थे। रजनीश अपने भीगते पैरों की ओर देखता हुआ हँसने लगा। फिर वह एकाएक चुप हो गया।

उसकी नज़रें अब समुद्र की ओर थीं।

"कितना अँधेरा है," उसने कहा, "जैसे अँधेरे का समुद्र हो।"

"यह समुद्र का अँधेरा है," मैंने कहा।

शायद बूँदें कुछ बड़ी हो गयी थीं। हमारे क़दम कुछ तेज़ हो गये थे। ऐसा लगा जैसे अचानक समुद्र का सुर भी कुछ तेज़ हो गया है। लहरें कुछ और ऊँची हो गयी थीं। उनकी उज्ज्वल हँसी कुछ और तीखी थी। यदि इस क्षण कोई समुद्र को भीतर से न थामे हो तो समुद्र उछलकर कहीं और जा सकता था।

"समुद्र को कौन थामे है?" मैंने पूछा।

"अँधेरा," रजनीश हँसा, "जो हमें थामे है।"

हम अँधेरे के बारे में क्या बातें करते? जब हम विदा हुए, मैंने उसकी सफलता की कामना की।

आग में हँसी

मैं जीवन-भर कल का पीछा करता रहा।

जब से होश सँभाला, मैंने कल का ख़्वाब देखा। कल का ख़्वाब एक दिन हक़ीक़त होगा, मुझे इसमें कोई शक़ नहीं था। आख़िरकार जिस तरह पृथ्वी सूर्य के चारों ओर घूमती है, कल तो एक दिन आना ही था। मैं हर रोज़ कल का इन्तज़ार करता।

लोग इन्तज़ार करते-करते मर जाते हैं। शायद उस पार कल होता हो।

इन्तज़ार करने वाले जानते हैं कि इन्तज़ार समय पर एक बोझ है। इन्तज़ार के बोझ से समय झुक जाता है। उसके पैर सीधे नहीं पड़ते।

जब-जब मेरे पैर सीधे नहीं पड़े, मुझे लगा—समय टेढ़ा है। मैं उसके सीधे खड़े होने का इन्तज़ार करने लगा।

जब मैं चला, मेरी परछाईं मेरे साथ चली। मैं उससे कभी पीछा नहीं छुड़ा सका।

मेरे पिता भी मेरी तरह कल की खोज करते थे। उन्होंने बताया था कि उनके पिता भी कल के पीछे भागते हुए पहाड़ों की ओर चले गये थे। जैसे उनके पिता नहीं लौटे थे, मेरे पिता भी अपनी खोज से वापस नहीं आये। मैंने उन्हें आख़िरी बार आग में जाते हुए देखा था। अब उनकी परछाईं नहीं थी। मुझे उनका आग की लपटों में मुस्कराना याद है। मैंने पहले कभी किसी को आग में हँसते हुए नहीं देखा था।

वह आग की हँसी मेरी स्मृति में शिलालेख की तरह है।

कल रात मेरे सपने में आग लग गयी। कुछ नहीं बचा। कल भी नहीं।

जब आज सुबह मैं सूरज से मुख़ातिब हुआ, तो गौरैया की तरह ख़ुश था। मेरे पास सिर्फ़ सुबह का सूरज था।

गौरैया चहचहा रही थी।

मैं पहाड़ हूँ

मैं पहाड़ हूँ।

मेरा नाम धौलाधार है। यह नाम मेरा है, लेकिन दूसरों का दिया हुआ है— जैसे अपनी किसी ज़रूरत को पूरा करने के लिए दूसरों ने मुझे किसी नाम से पुकारा हो। पहले लोग मुझे ऊँचा पहाड़, सबसे ऊँचा पहाड़, उजला पहाड़ या गंजा पहाड़ कहते थे। मगर फिर कोई मेरे चेहरे और वक्ष पर उजली धारें देखकर एक दिन बोला— धौलाधार! और मेरा नाम धौलाधार पड़ गया। मैं एक संज्ञा में सिमट गया। कभी-कभी मुझे लगता है कि मैं अपने नाम की क़ैद में हूँ।

मुझे हवा और बर्फ़ और आसमान से ईर्ष्या है।

यह कितना अजीब है कि कोई अपना नाम नहीं रखता। उसे ज़रूरत नहीं होती। दूसरों को ज़रूरत होती है। दूसरे नाम रखते हैं। नाम एक लक्ष्य है। लोग नाम को चाहते हैं, कोसते हैं या गरियाते हैं। क्या सदा एक नाम में सिमटकर लक्ष्य बना रहना कोई ऐसी नियति है जिससे किसी दूसरे को ईर्ष्या हो?

मुझे अपना बचपन बहुत याद आता है जब मेरा कोई नाम नहीं था। बच्चे और बूढ़े मुझे एक ही नाम से पुकारते थे— पहाड़। तब मुझे लगता था जैसे मैं धरती के सब पहाड़ों में हूँ और धरती के सब पहाड़ मुझमें हैं।

हर नाम में मैं छुपा है। मैं कौन? धौलाधार! जब मेरा नाम पड़ा, मुझे पहले कौतूहल हुआ क्योंकि मैं अपने को हवा और पानी और धूप और बर्फ़ और आकाश की तरह समझता था जिनका कोई नाम नहीं है और यदि कोई नाम है तो ऐसा जैसे कोई एक बूँद को समुद्र कहे। फिर आहिस्ता-आहिस्ता मुझे ख़ुशी ने दबोच लिया। अहा! इतने विराट ब्रह्मांड में मेरी भी कोई पहचान है। मेरा एक नाम है जो किसी दूसरे का नहीं। दुनिया में कोई दूसरा धौलाधार नहीं है। मेरी छाती फूलने लगी।

उन दिनों बर्फ़ पिघल रही थी। मेरी छाती में पानी भरता और नीचे बहने लगता। मेरा सिर धूप में सहस्र मुकुटों की तरह चमकता जैसे सूर्य हर दिन सुबह अपनी पहली किरणों में मेरा राज्याभिषेक करता हो। धौलाधार चक्रवर्ती सम्राट हो

गया! मैं मुस्कराता हुआ नीचे हरी घाटियों में देखता जहाँ हरे जंगल थे और सफ़ेद और नीले और लाल और पीले फूल खिले थे और गीत गाते झरने बह रहे थे। जब जंगलों में झरनों और पक्षियों की आवाज़ गूँजती तो मुझे लगता जैसे कोई मेरा स्तुतिगान कर रहा है। यह मेरे नाम का ही कमाल था। जब धूप मेरे कन्धों पर बिछलती, मेरी आँखें चौंधियाने लगतीं।

एक पहाड़ का सौन्दर्य मेरा निजी सौन्दर्य हो सकता है, मुझे मालूम नहीं था। लोग मुझे अलग-अलग कोणों और ऊँचाइयों से देखते और देखते रह जाते। मुझे निहारकर प्रेमी अपनी प्रेमिकाओं को चूमने लगते, चित्रकार अपने हाथों में ब्रश उठा लेते और कवि शब्दों में मुझे पाने की कोशिश करते। यह असम्भव था। मैं अपनी जगह दूर खड़ा रहता। दूर प्रेमी और प्रेमिका एक-दूसरे को पागलों की तरह चूमते रहते। मुझे देखकर उन्हें अपना प्रेम असली लगता था। वे एक-दूसरे से कहते कि उन्होंने आकाश और बर्फ़ और सूर्य की ऐसी अद्‌भुत लीला की न कल्पना की थी, न स्वप्न देखा था।

न मैंने स्वप्न देखा था। मैंने अपना स्वप्न प्रेमियों की आँखों में देखा। तब मुझे पता चला कि मैं— धौलाधार— इतना दिव्य हूँ।

धौलाधार दिव्य है! यह ख़बर घाटियों में लोग एक-दूसरे को देने लगे। लोग दूर-दूर से मुझे देखने आते जैसे मैं कोई देवता हूँ। मैं हँसता। घाटियों में मेरी हँसी गूँजती। लोग समझते कि हवाएँ चल रही हैं, पानी बह रहा है, पक्षी बोल रहे हैं।

तब मैंने एकाएक जाना कि दिव्यता ख़तरनाक होती है। एक उँगली पर भ्रम का पहाड़ खड़ा हो जाता है। मुझे कभी-कभी रातों में सन्देह होता था जब पहाड़ अँधेरे में डूब जाते थे। ऐसा कोई पहाड़ कैसे दैवी हो सकता है जिसका अपना कोई प्रकाश ही न हो? सूर्य डूबता और पहाड़ अँधेरे में डूब जाते। सूर्य ही अगली सुबह पहाड़ों को छूकर उन्हें फिर जिला देता था।

दैवी सिर्फ़ सूर्य था।

जो हर रात मरे और हर सुबह जीवित हो वह कैसे दिव्य हो सकता था? रात और मौत सूर्य की नियति नहीं है। या शायद एक दिन ऐसा होगा जब सूर्य मरेगा। मगर वह दिन नहीं होगा। रात भी नहीं होगी। क्या उसे समय पुकारेंगे? कौन पुकारेगा? क्या पुकार अकेली ब्रह्मांड में चीख़ती हुई घूमेगी?

मैं छोड़ता हूँ। मैं छोड़ता हूँ। मैं छोड़ता हूँ।

मैं अपना नाम छोड़ता हूँ।

मुझे कोई धौलाधार न कहे।

मैं पहाड़ हूँ।

जैसे उम्र कोई पराक्रम

"बताइए, मेरी उम्र क्या है?"

जब दूसरी मुलाक़ात में पहला प्रश्न उन्होंने फिर यही पूछा तो मैं चौंका। पहली मुलाक़ात में जो सहज कौतूहल जगा था, वह एक विस्फारित विस्मय हो गया जैसे उम्र कोई पराक्रम हो। सुबह की सुहानी वेला थी। हम पहाड़ी की चढ़ाई पर बीच में खड़े थे। वे नीचे उतर रहे थे। मैं ऊपर जा रहा था। मैंने उन्हें नमस्कार किया था और वे रुककर बातें करने लगे थे।

वे छड़ी लेकर चलते थे। उनकी हड्डियाँ चौड़ी थीं। चाल कुछ धीमी थी। बाल आधे से ज़्यादा काले थे। शायद उनकी मन्थर गति और हाथ में छड़ी उनकी उम्र की कुछ पोल खोलते थे। इसीलिए एक दिन सुबह पहाड़ी की चोटी पर बैठे हुए मैं देखता रह गया था जब मैंने उन्हें पहाड़ी पर चढ़ते हुए देखा। यह सही है कि वे हर दस क़दम पर रुकते थे और चढ़ाई पर छड़ी टेककर खड़े हो जाते थे मगर कुछ पल बाद वे फिर चढ़ने लगते। वे पैर खम्भों की तरह रखते थे और छड़ी की तरह इस्तेमाल करते थे— जिन पर उनके शरीर की इमारत खड़ी थी। कोई भी खम्भा कभी भी ढह सकता था। जोखिम साफ़ था। आख़िर, इतना जोखिम उठाने की ज़रूरत क्या थी? यह तो रोज़ शरीर को पहाड़ी की चोटी तक ढोना था। मैं चोटी पर बैठा हुआ उन्हें टुकुर-टुकुर देखता रहा। हर यात्रा पूरी होती है। यह तो छोटी-सी पहाड़ी की छोटी-सी चढ़ाई थी।

चोटी पर आकर वे मुस्कराये। उन्होंने चारों ओर घाटी में फैले पुणे शहर को देखा, जिसके पीछे पहाड़ियाँ थीं और पहाड़ियों के पीछे पहाड़ियाँ थीं और पहाड़ियों के पीछे फिर पहाड़ियाँ थीं जिनका रंग पीला और सुरमई होता हुआ आसमान में मिल जाता था। जब उनकी नज़र घाटी से वापस लौटी तो मुझ पर ऐसे फिसली जैसे मैं भी उसी शहर में कहीं था। फिर उन्होंने छड़ी नीचे रख दी और दोनों हाथ आगे फैला दिये। यह प्रार्थना नहीं थी। यह व्यायाम था, जो वे विभिन्न मुद्राओं में सम्पन्न कर रहे थे। मैं चोटी के मैदान की गहरी हरी घास या नीचे फैले शहर को

देखने के बहाने चोरी-चोरी उनकी व्यायाम-मुद्राएँ देख रहा था। मुद्राएँ सम्पूर्ण थीं। उनकी आँखें कभी आधी खुली लगतीं, कभी आधी बन्द-जैसे सब कुछ देखकर भी कुछ न देख रहीं हों। ज़रूर डॉक्टर ने उन्हें सलाह दी होगी, मैंने सोचा। लेकिन व्यायाम तो ठीक है, क्या चोटी पर चढ़ने का जोखिम भी ज़रूरी था? क्षणभर उनका डावाँडोल शरीर देखते हुए मैं भूल गया था कि चोटी पर चढ़ना भी व्यायाम है। जब वे व्यायाम कर चुके और कुछेक ज़रूरी साँसें भी ले चुके तो मैं उनके सामने जाकर खड़ा हो गया।

"गुड मार्निंग," मैंने कहा।

"गुड मार्निंग," वे मुस्कराये।

"कितनी ख़ूबसूरत सुबह है?" मैंने कहा।

चोटी के पीछे सूर्य निकल आया था। किरणें हवा में काँप रही थीं।

"रोज़ होती है," वे बोले।

मैंने उनकी आँखों में देखते हुए कहा, "ऐसा शहर मैंने दूसरा नहीं देखा।"

"लगता है, आप बाहर के हैं?"

"हाँ।"

"मैं यहीं का हूँ।"

वे हँसे।

हवा का एक झोंका हमें छू गया। हमारे पैरों के पास घास हिली। शायद चोटी सिहर गयी। नीचे घाटी में शहर सूर्य की पहली किरणों के तले कसमसाया। पीछे पहाड़ियाँ चमकीं। हमारी चोटी पर कुछ बादल गुनगुनाते-से आगे बढ़े।

"एक बात पूछूँ?" मैंने कहा।

"पूछिए।"

"क्या डॉक्टर ने आपको पहाड़ी पर व्यायाम करने की सलाह दी है?"

"मैं डॉक्टर के पास नहीं जाता," वे ठहाका मारकर हँसे। मैं स्तब्ध था। उन्होंने मेरा अचम्भा ताड़कर पूछा, "बताइए, मेरी उम्र क्या है?"

"सत्तर?"

"नब्बे," वे मुस्करा रहे थे। वे एक सफल व्यवसायी थे। शहर में उनकी चार दुकानें थीं। वे ख़ुद सारा काम-काज देखते थे। कोई बच्चा नहीं था। घर में बीमार पत्नी थी। "और घर में कौन है?" मैंने पूछा।

"दो कुत्ते हैं," वे बोले। "और दो नौकर हैं, जो कुत्तों को और हमें देखते हैं।" उन्होंने बताया कि एक कुत्ता अल्सेशियन है, दूसरा जर्मन शेफ़र्ड है।

मैं इन दिनों काफ़ी दिनों से हर दिन मृत्यु के बारे में सोचता था। यह एक तरह से मृत्यु का पूर्वाभ्यास था। ऐसे ही किसी क्षण जब पहाड़ी की घास ठंडी हवा में

काँपेगी, मैं चला जाऊँगा। यह चिन्ता की बात नहीं थी। चिन्ता की बात यह थी कि यह शब्दों का खेल जो मैं जीवनभर खेलता रहा हूँ— यदि यह खेल मृत्यु के पहले ही ख़त्म हो गया तो मैं क्या करूँगा?

उस अवकाश में मैं क्या करूँगा? क्या पेड़ पर बैठी चिड़िया की तरह धरती और आकाश निहारूँगा? उस सुबह मैं यही सोचता हुआ पहाड़ी पर चढ़ रहा था जब मैंने उन्हें उतरते हुए देखा। मैं रुक गया। जब वे सामने आ गये तो मैंने पूछा, "कैसे हैं?"

"अच्छा हूँ," उन्होंने ललचायी आँखों से कहा, "बताइए, मेरी उम्र क्या है?"

"सौ साल," मेरे मुँह से निकला। वे हँसे, जैसे यही उनकी सही उम्र हो या इससे कोई ख़ास फ़र्क़ पड़ता हो!

ख़ुदा की आवाज़

दरवाज़ा खोलते ही मैंने देखा कि वे मेरे सामने छह इंच ऊपर खड़े थे। मेरी आँखों के सामने उनका सीना तना था। आँखें उठाने पर मैंने उनका चेहरा देखा और कहा, ''अरे, आप!''

मेरे आश्चर्य का वाजिब कारण था— वे वैसे ही थे जैसा मैंने उन्हें दस साल पहले देखा था जब वे मेरे पिता के देहान्त पर आये थे— दाढ़ी का सफ़ेद रंग बदल नहीं सकता था। मेरे पिता अस्सी वर्ष जिये। छह फुटे रिज़वान चचा मेरे पिता के हमजोली थे।

''क्यों बरखुरदार, क्या मेरी मौत की ख़बर का इन्तज़ार था?'' उन्होंने ठहाका लगाया।

''अरे चचा, मरें आपके दुश्मन।'' मैंने कहा।

चचा एक झटके से उदास हो गये, ''बेटा, मेरे दोस्त ही पहले गये और सबसे अज़ीज़ तुम्हारे वालिद।''

उनकी आँखें नम हो गयीं।

मैंने अटैची उनके हाथ से ली और उन्हें अन्दर ले गया। मैंने नाश्ता शुरू ही किया था। उन्हें टेबल पर ही बिठा लिया। पूछा, ''चचा, नाश्ते में क्या लेंगे?''

''सिर्फ़ दो अंडों का आमलेट बनवा दो। दूध के साथ काफ़ी होगा।'' उन्होंने रूमाल से आँखें पोंछते हुए कहा।

वे सीधे लखनऊ से आये थे। सुबह की नमाज़ गाड़ी में ही अदा की थी। अभी वे मेरे सामने बैठे नाश्ता कर रहे थे। दूध पीकर उन्होंने मेज़ पर शोभा के लिए रखा एक सेब खाया, फिर दो केले। उन्होंने कोई डकार नहीं ली। मैं विस्मित था। सोच रहा था, मैं क्या खाकर जिऊँगा? सच बात यह है कि पिछले साल बेटी की शादी और नौकरी से निवृत्त होकर मेरी समझ में नहीं आ रहा था कि आख़िर मेरे जीने का मक़सद क्या है? ये कभी-कभार छिटपुट छोटी मोटी कहानियाँ लिखना जीने का कोई बहाना नहीं हो सकता! अब क्या कहूँ, कभी-कभी मुझे रोज़ रोज़ तीन

चार बार खाना भी बेहयाई सा लगता।

''जीने का अभ्यास करना चाहिए।'' चचा शाम को रम का गिलास हाथ में लेकर बोले।

''कैसे?''

''देखो, यह क़ाइनात एक बाग़ है और इसमें मेरे जिस्म का पौधा लगा है, जिसे सींचना मेरा काम है।''

''कैसे?''

''देखो बेटा, जब मैं तुम्हारी उम्र का था और मुझे पहली बार सामने बुढ़ापा नज़र आया था, तभी मैंने शोध का काम शुरू कर दिया था।''

''कैसे?''

''अरे, पौधे को सही आबोहवा में सही खाद-पानी मिलना चाहिए कि नहीं?''

''हाँ।''

''बस, मैंने आयुर्वेद, यूनानी, होम्योपैथी सब पढ़े। डॉक्टर तो हर जगह पनवाड़ी की दुकान की तरह हैं ही। मैं अख़बार में सबसे पहले सेहत की ख़बरें देखता हूँ।''

''क्यों?''

चचा हँसे, ''अरे, दुनिया की ख़बरें पढ़कर मैं दुनिया नहीं सुधार सकता। सेहत की ख़बर से अपनी सेहत तो सुधार सकता हूँ।''

''सेहत न हुई'' मुझसे रहा नहीं गया, ''राष्ट्रीय ध्वज हो गया!''

चचा एकदम संजीदा हो गये, ''तुमने बिल्कुल ठीक कहा।'' उन्होंने इस तरह सामने अँधेरे कोने में देखा जैसे वहाँ कोई झंडा फहरा रहा हो।

फिर उन्होंने दूसरा पैग लेते हुए कहा, ''मैं दो से ज़्यादा नहीं लेता।''

''मैं ले ही नहीं सकता।'' मैं मुस्कराया।

''दो पैग'' उन्होंने गुरु गम्भीर स्वर में कहा, ''खून को पतला रखते हैं। दिल में रुकावट नहीं होगी। उससे ज़्यादा शराब जिस्म की दुश्मन है।''

''दुश्मन!'' मैंने दुहराया।

''हाँ, ज़िन्दगी की दुश्मन!''

''यानी मौत।''

चुप्पी छा गयी।

''चचा।''

''हाँ।''

''क्या आप मौत के बारे में सोचते हैं?''

चचा हँसे, ''मैं पुनर्जन्म के बारे में सोचता हूँ।''

''पुनर्जन्म!'' मैं हैरान था।

''हाँ।''

''चचा, पुनर्जन्म इस्लाम में नहीं है।''

''असल में,'' चचा हिचकिचाए, ''मैं ज़ाती तौर पर पुनर्जन्म में यक़ीन करता हूँ। चाहता हूँ कि अगले जनम में भी मैं मुसलमान ही रहूँ।''

''नहीं चचा।'' मुझे हँसी आ गयी, ''अगला जनम तो मेरे लिए सुरक्षित है, चाहे उसमें मैं उल्लू ही बनूँ। यह बात दीगर है कि उल्लू बनकर मैं इस जनम से ज़्यादा सुखी रहूँगा।''

चचा मुझे हैरत से देख रहे थे।

मैंने फिर कहा, ''आपके मज़े हैं। आप इत्मीनान से क़ब्र में क़यामत तक आराम फ़रमाएँगे।''

चचा संजीदगी से बोले, ''तुम्हारे धर्म में भी कुछ ऊलजलूल बातें हैं। आदमी हमेशा आदमी रहता है। मैं तो अगले जनम में अपना धर्म भी नहीं बदलूँगा।''

मैंने एकाएक चचा को क़यामत के दिन ख़ुदा के सामने इसी लिबास में खड़े देखा। वे कह रहे थे, ''या ख़ुदा जल्दी फ़ैसला सुना। मुझे फिर से दुनिया में जाना मंजूर है।''

ख़ुदा ने हँसकर कहा, ''रिज़वान, मैं तेरे लिए फिर से दुनिया बनाता हूँ।''

फिर से हवाएँ चलीं। ख़ुदा की आवाज़ गूँज रही थी।

देवानन्द

सिर्फ़ दूसरों में ही तुम अपना मुँह धो सकते हो,
उसे अपने-आप में नहलाने से कोई फायदा नहीं

अत्तिला योझेफ़

हॉल में एक आदमी बैठा था। फ़िल्म चल रही थी।

रोज़ की तरह देवानन्द आज पाँच बजे सुबह उठे थे। साढ़े पाँच बजे वे योगासन पर बैठ गये। कमरे की खिड़कियाँ खुली थीं। दोनों खिड़कियों से समुद्र की हवाएँ आ रही थीं। हवाएँ ठंडी थीं। हवाओं में समुद्र का पानी घुला था। पानी नज़र नहीं आता था। हवा भी नज़र नहीं आती थी। सौ बरस की देह पर महसूस होती थी। आज देवानन्द का जन्मदिन था। वे सौ बरस के हो गये थे। उनके चेहरे पर सौ बरस की झुर्रियाँ नहीं थीं। गले पर थीं— जिन्हें वे ऊँचे कॉलर से छिपा लेते थे।

वे आठ दशकों से अपना चेहरा सिनेमा के परदे पर देख रहे थे। शुरुआत के कुछ बरसों बाद ही वे परदे के चमकते सितारे हो गये थे, जिन्हें लोग परदे से बाहर देखकर भी चौंक जाते और कुछ पल पलक झपकाना भूल जाते। शुरू-शुरू में देवानन्द को कुछ दिक़्क़त हुई थी। आहिस्ता-आहिस्ता उन्हें आदत पड़ गयी। जब वे फ़िएट की ड्राइविंग सीट पर बैठकर स्टियरिंग पर अपने हाथ रखते तो कोई हल्की-सी मुस्कान उनके चेहरे पर बरबस आ जाती। उन्हें पता ही नहीं चलता था। असल में वे उन सारी नज़रों का इस्तक़बाल कर रहे होते जो चारों ओर से उन पर फूलों की तरह गिरेंगी। यह मुस्कान तब भी जारी रहती जब वे गाड़ी में पीछे बैठते और गाड़ी कोई और चलाता। उन्हें लगता कि गाड़ी उसी मुस्कान से चल रही है।

धरती पर अदमी की तीन पीढ़ियाँ उन्हें निहारते हुए बड़ी हुई थीं। पहली दो पीढ़ियों की लड़कियों की आँखों में देवानन्द का सपना रहता था, जिसमें उतरने के लिए लड़के अपने बालों पर उल्टे कंघे से देवानन्द की तरह पट्टियाँ बनाते। लड़कों को अफसोस रहता कि बालों के अलावा वे अपने शरीर में और कोई तर्मीम नहीं कर सकते थे जो उन्हें देवानन्द के ज़्यादा नज़दीक ले जाती। फिर भी वे अपने नायक

की तरह लिबास पहनते और परदे के बाहर उसी तरह हाथ-पैर और आँखें नचाते जैसे देवानन्द परदे के अन्दर नचाता था। यह बात दीगर है कि कुछ बुज़ुर्ग इन लड़कों को देखकर हँसते और कहते, ''यह क्या बन्दर की तरह उछल रहे हो। असल में बुज़ुर्ग भूल जाते कि जब वे लड़के थे तो उन्हें भी परदे की दुनिया असली लगती थी। परदे के बाहर दुनिया हमेशा ऊबड़-खाबड़ थी जहाँ कोई लड़की देवानन्द की प्रेमिका की तरह सुर में सुर नहीं मिलाती थी— दिल का भँवर करे पुकार, प्यार का राग सुनो ऽऽ हो ऽऽ।

फ़िल्म निर्माता यही सपना बेचते थे। देवानन्द उसी सपने का सपना था। लोग हॉल के अँधेरे में इसी सपने को यथार्थ मानते थे। वे देवानन्द के साथ प्यार करते, बिछुड़ते और फिर अपनी प्रेमिका से एक मनोहारी संगीत की धुन पर मिल जाते। परदे पर प्यार की यही परिभाषा थी—

शोख़ियों में घोला जाए फूलों का शबाब
उसमें फिर मिलायी जाए थोड़ी-सी शराब
होगा यूँ नशा जो तैयार
वो प्यार है...

ऐसा प्यार परदे के बाहर नहीं होता था। इसे ही ढूँढ़ने लोग हॉल के अँधेरे में जाते। फिर हॉल के बाहर देवानन्द का सपना देखते। जब देवानन्द बाहर सड़क या मंच पर नज़र आता तो लोग पगलाने लगते। लड़के और लड़कियों के लिए वह सच होता सपना था।

लोगों के सपनों ने उन्हें देवानन्द बनाया था— यह देवानन्द नहीं जानते थे। वे सोचते कि उनकी दन्तहीन मुस्कान में ही कोई जादू है। दाँतों के बीच ख़ाली खोखल में लोगों के सपने थे जो देवानन्द की बुढ़ाती देह के साथ झरने लगे। सपनों के सौदागरों ने तब शम्मी कपूर और राजेश खन्ना को ईजाद किया। देवानन्द हक्के-बक्के रह गये। उनके दिमाग़ ने आहिस्ता-आहिस्ता अपने शरीर का बीतना स्वीकार किया। मगर मन नहीं मानता था। उन्होंने फ़िल्म बनाना जारी रखा, जिसके हर फ्रेम में देवानन्द थे और यदि देवानन्द नहीं थे तो फ्रेम नहीं था।

देवानन्द की देह बीत रही थी। मन— देवानन्द का मन— अपनी फ़िल्म में फँसा रहता। एक फ़िल्म पूरी होते-न-होते वे अगली फ़िल्म की तैयारी करने लगते। असल में यही जीना था। अपनी छवि हर क्षण सामने परदे पर थी। यदि परदा ख़ाली था, तो देवानन्द नहीं था। देवानन्द को देवानन्द का न होना स्वीकार नहीं था। अब सवाल लोगों के सपने का नहीं था। अब सवाल अपने सपने का था। देवानन्द के सपने में मृत्यु नहीं थी।

लोग एक-एक करके दूसरे हॉलों में चले गये थे, जहाँ चेहरे जवान थे और

जिस्म दिलकश। देवानन्द ने धीरे-धीरे लोगों की चिन्ता करना छोड़ दिया था। अब रिश्ता सिर्फ़ उनकी आँखों और परदे के बीच था। वे परदे पर अपनी छवि देखते और देखते रहते— उन्हें लगता वे उतने ही ज़िन्दा हैं जितना परदे पर खिला कोई फूल। परदे पर फूल देखकर वे ख़ुश हो जाते और अपनी अगली फ़िल्म के बारे में सोचने लगते। परदे पर फूल कभी मरता नहीं था।

पिछले साल उन्हें दसवाँ 'लाइफ़-टाइम एचीवमेंट एवार्ड' मिला था। जगमग मंच पर वे खड़े थे जब उद्घोषक ने कहा— ''देवानन्द चिरयुवा हैं। समय उनका दास है। उन्होंने कई पीढ़ियों को प्यार करना सिखाया।'' मंच पर मुस्कराते खड़े देवानन्द को अपना पहला प्यार याद आया। हर पहले प्रेम की तरह यह हताश प्रेम था। यह उन्होंने बाद में जाना और स्वीकारा कि यदि सुरैया के साथ उनका विवाह होता तो बाद के निर्णय सुरैया के होते जो तब कहीं ज़्यादा सफल थी— और तब शायद देवानन्द देवानन्द न होते! क्या यही सच था? या वे फिर अपनी युवा हताशा से शतरंज खेल रहे थे? उन्होंने मंच से अपने वक्तव्य में कहा— ''मैं जीना चाहता हूँ। मेरी फ़िल्में मेरी सचल परछाइयाँ हैं। जब तक मेरी फ़िल्में हैं, मैं हूँ!''

हॉल तालियों से देर तक गूँजता रहा।

आज सुबह साढ़े पाँच बजे योगासन पर बैठे देवानन्द के मानस-पटल पर उपर्युक्त फ़िल्म चलती रही— जिसमें बीच-बीच में अँधेरा हो जाता था। तब देवानन्द और बेचैन हो जाते और अपनी साँसें ज़ोर-ज़ोर से भीतर-बाहर करते रहते जैसे ज़िन्दगी के सारे सवालों के जवाब इन्हीं साँसों में छिपे हों। इस वक़्त वे हॉल में अकेले जलते परदे के सामने बैठे थे। हॉल में अँधेरा था।

सवा लाख से ऊपर

थाने का नाम सुनकर पत्नी ने तुरन्त फ़ोन मेरे हाथ में पकड़ा दिया। फ़ोन पर इन्स्पेक्टर तेन्दुलकर थे। उन्होंने मुझसे पूछा कि आपके घर में कितने लोग रहते हैं? सवाल सुनकर मुझे हँसी आ गयी। हँसी का कारण यह था कि यह सवाल मुझसे एक दिन में दुबारा पूछा जा रहा था। सुबह यही सवाल दरवाज़ा खोलने पर जनगणना कर्मचारी ने मुझसे पूछा था। ''तीन,'' मैंने कहा।

''कौन-कौन?''

''मैं, मेरी पत्नी और तीन साल की बेटी।''

''आप झूठ बोल रहे हैं।'' इन्स्पेक्टर बोला।

''क्यों?''

''आपके घर का चौथा आदमी मेरे सामने खड़ा है।''

''कौन?''

''मनोज महाजन।''

''मनोज महाजन,'' मैं हैरान था, ''मनोज महाजन मेरे दोस्त हैं। घर में नहीं रहते।''

इन्स्पेक्टर की फिर फ़ोन पर आवाज़ आयी, ''वर्मा साब। ऐसा कीजिये, आप फ़ौरन थाने आ जाइए। यहीं फ़ैसला हो जाएगा।''

थाने में मनोज को देखकर मुझे एकाएक कृष्ण से मिलने आये सुदामा की याद आयी जो रास्ते में थाने में धर लिया गया हो। सुदामा की याद आने पर मुझे अपने आपको कृष्ण मानना भी ज़रूरी था— यदि बांद्रा में दो कमरों के घर में रहने वाले मध्यवर्गीय आदमी को कृष्ण कहा जा सके।

''सुदामा सुदामा'' मैं मनोज से लिपट कर रोने लगा। मनोज की जींस और टी-शर्ट फटी थी और चप्पल टूटी थी। उसके चेहरे पर कई महीनों की दाढ़ी थी। दाढ़ी और कपड़ों के पीछे आधा मनोज बचा था। आधा खो गया था। उसकी आँखें पीछे छूट गयी थीं।

मनोज महाजन दस बरस पहले इस स्वर्ण नगरी में हीरो बनने आया था। अब उसे थाने में खड़ा देखकर लगता था जैसे उसे किसी फ़ुटपाथ या रेलवे ब्रिज से पकड़कर लाया गया हो। इन्स्पेक्टर अचानक कुर्सी से उठकर बीच में आ गया और उसने हम दोनों को अलग करते हुए मेरी ओर आँखें तरेर कर पूछा, ''क्या इसका नाम सुदामा है?''

''पिछले जनम में था।'' मनोज ने मुस्कराते हुए कहा।

मैं आँसू पोंछ रहा था।

''ये तमाशे बन्द कीजिये।'' इन्स्पेक्टर कड़ककर बोला, ''और बताइए कि क्या ये आपके घर में रहते हैं?''

''मनोज मेरे भाई हैं।'' मैंने ठंडी आवाज़ में कहा।

''यह मेरे सवाल का जवाब नहीं है।'' इन्स्पेक्टर बोला।

''आपका सवाल क्या है?''

''मेरा सवाल यह है कि आज शाम इन्हें शाहरुख़ ख़ान के बँगले के सामने पहरा देते पकड़ा गया। जब इनसे पूछा गया कि आप कहाँ रहते हैं तो इन्होंने आपका पता बताया। इनके हुलिया और चेहरे से ही लगता है ये कहीं नहीं रहते।''

''ये आते-जाते रहते हैं।'' मैंने कहा, ''कभी यहाँ, कभी अपने घर कानपुर।''

''हाँ-हाँ।'' मनोज ने कुछ हकलाते हुए कहा जैसे डूबते को तिनके का सहारा मिल गया हो।

इन्स्पेक्टर अपनी कुर्सी पर लौट गया था। उसने टेबल पर पैर फैलाये इत्मीनान से सिगरेट सुलगाते हुए कहा, ''इन्हें अपने घर भेज दीजिये। हर रोज़ थाने में ऐसे चार-पाँच नौजवान आते हैं, जिनके पास अपना पता नहीं होता।''

क्या शहर के पुलों या फ़ुटपाथों पर शहर का कोई पता है?

मैं मनोज को रात की रोशनियों के बीच थाने के बाहर लेकर आया और एक रेस्तराँ में घुस गया। मनोज ने चार नान और दो प्लेट मुर्गा खाया। फिर उसने पान खाने की फ़र्माइश की और ख़ुद टायलेट में चला गया। मैं बाहर पान लेने लगा। कुछ देर प्रतीक्षा करने के बाद जब मैं फिर रेस्तराँ में घुसा तो एक वेटर ने बताया कि दाढ़ी वाला पीछे के दरवाज़े से बाहर चला गया।

रात की रोशनियों के बीच सड़क पर खड़े हुए मुझे मनोज महाजन की ख़ाली आँखें याद आयीं जिन्हें समुद्र भी नहीं भर सकेगा।

मुम्बई शहर कभी नहीं सोता। न रात की रोशनियाँ सोती हैं।

मैं सड़क पर चलते हुए यह हिसाब लगाने लगा कि एक थाने में एक दिन में पाँच हीरो पकड़े जाते हैं, तो महानगर के 73 थानों में एक दिन में 365 हीरो आये। फिर एक वर्ष में 1,43,225। सवा लाख से ऊपर!

संघर्ष ही जीवन है

समुद्र के किनारे रेत पर दौड़ते हुए वह हाँफ़ रहा था जब किसी ने उसे पीछे से पुकारा, ''किशन भैया।'' उसने गर्दन मोड़ी। पुकारने वाला पीछे से दौड़ता हुआ उसके साथ आ गया और साथ-साथ दौड़ने लगा। अपराह्न की वेला थी। सूर्य रेत पर चमक रहा था। समुद्र पर हर ओर सूर्य चमकता हुआ नज़र आता और लहरों में छिप जाता। लहरें किनारे की रेत पर फेन उगल रही थी।

''मैंने तुम्हें पहचाना नहीं।'' दौड़ते हुए किशन ने पूछा।

''मैं ललितपुर से आया हूँ। रामेश्वर का छोटा भाई हूँ। देवेन्द्र।''

''अच्छा-अच्छा, तुम यहीं रुको। मैं चक्कर पूरा करके आया।''

देवेन्द्र जयकिशन को रेत पर दौड़ता हुआ देखता रहा। किशन भक्क सफ़ेद टी-शर्ट, निकर और रीबोक के सफ़ेद जूते-मोजे पहने था जैसे कोई राजकुमार या अभिनेता हो। वह बिल्कुल लड़का लगता था। अलबत्ता रामेश्वर भैया की उमर का है, देवेन्द्र ने सोचा। वह उसी जगह रुक गया जहाँ जयकिशन ने उससे रुकने को कहा था। रेत से वह थोड़ा पानी की ओर बढ़ा और दूर क्षितिज में ताकने लगा जहाँ समुद्र आकाश की ढलान पर एक झटके से लुढ़क रहा था। समुद्र की अगली लहर रेत पर उसके पैरों को भिगो गयी। उसने चप्पल पर पहनी गन्दी-सी जींस को ऊपर मोड़ लिया। लहर लौट गयी थी। रेत पर बचा पानी धूप में चमक रहा था।

अभी जुहू तट पर भीड़ नहीं थी। कुछ लोग थे और घोड़े थे और समुद्र का शोर था। दूर कुछ उड़ते पक्षी नज़र आते थे जहाँ रेत और पानी मिल रहे थे।

''देवेन्द्र'', किशन ने हाँफ़ते हुए उसके कन्धे पर हाथ रखा, ''रामेश्वर कैसे हैं?''

''ठीक हैं।''

''कितने बच्चे हैं?''

''दो।''

''कितने बड़े हैं?''

"बड़ा लड़का जवान है," देवेन्द्र ने कहा और सोचा कि कहे कि वह कुछ आपके जैसा लगता है।

"क्यों मुस्करा रहे हो?"

"जी... कुछ नहीं।"

"अच्छा," जयकिशन ने उसे ऊपर से नीचे तक देखते हुए पूछा, "तुम यहाँ कैसे?"

देवेन्द्र ने जान लिया था कि जयकिशन ने उसकी एक हफ़्ते गन्दी जींस और मुचड़ी कमीज़ और चप्पलों को देख लिया है।

वह सकपकाया, "मैं... मैं यहाँ ढूँढ़ने आया था।"

"क्या... क्या ढूँढ़ने?" जयकिशन ने हैरत से आँखें फाड़ीं।

"क़िस्मत," देवेन्द्र के मुँह से निकला।

"अच्छाऽऽ," जयकिशन हँसा, "क़िस्मत आज़माने आये हो।"

उसका ठहाका इतना ज़ोरदार था कि आस-पास चलते लोग चौंके।

देवेन्द्र ने उसे नहीं बताया कि उसके ललितपुर छोड़ने के पीछे जयकिशन की सफलता की कहानी थी। सारा ललितपुर जानता था कि एक दिन बरसों पहले जयकिशन बिना टिकट मुम्बई हीरो बनने आया था और एक सफल सिने पार्श्वगायक हो गया था। उसका जुहू पर बंगला था। दो बीवियाँ थीं। तीन गाड़ियाँ थीं।

"जी," देवेन्द्र के मुँह से निकला, "जी हाँ।"

दोनों के पैरों को फिर समुद्र की एक लहर भिगोकर लौट गयी।

"क्या बनना चाहते हो?" जयकिशन ने देवेन्द्र के रुखे, युवा चेहरे को देखते हुए पूछा। चेहरे पर हवाइयाँ उड़ रही थीं।

"हीरो बनने आया था," देवेन्द्र हँसा, "अब कुछ भी बनने को तैयार हूँ।"

"क्या घर से भागे थे?"

"हाँ, शहर में कोई काम नहीं था। मैं बचपन से स्कूल में नाटक करता था। मुझे लगा, मेरा यही काम है, जो मुझे मुम्बई में मिल जाएगा।"

एक गुब्बारे वाला एक ओर से आकर दूसरी ओर चला गया। फिर दो सींगदाने बेचते लड़के एक-दूसरे से टकराकर विपरीत दिशाओं में चले गये। एक घोड़ागाड़ी पास से तेज़ भागती निकल गयी। कोई आदमी उसमें खड़ा दिलीप कुमार की तरह चाबुक घुमा रहा था।

जयकिशन कुछ देर चुपचाप देवेन्द्र को, समुद्र को और घोड़ागाड़ी को देखता रहा। फिर उसने कहा, "संघर्ष ही जीवन है। इस शहर में समुद्र है और स्ट्रगल है। देखो, समुद्र को ग़ौर से देखो। तुम्हें लगेगा समुद्र भी स्ट्रगल कर रहा है। जीने

के लिए। हर लहर उसकी साँस है— जो रेत पर टूट जाती है। समुद्र हर पल मरता है— और हर पल जीता है।''

फिर एक लहर रेत पर आयी।

''क्या आप मुझे सौ रुपये दे सकते हैं?'' देवेन्द्र के मुँह से निकला, ''मैंने दो दिन से कुछ नहीं खाया।''

जयकिशन हँसा। फिर उसने कहा, ''मैं एक बार तीन दिन तक भूखा रहा था। मैं जानता हूँ, भूख क्या है। स्ट्रगल क्या है!''

जयकिशन शून्य में देख रहा था। देवेन्द्र ने उम्मीद से उसकी ओर देखा और कहा, ''मुझे सौ रुपये चाहिए।''

जयकिशन की तन्द्रा टूटी। वह बोला, ''मेरे पास हैं। लेकिन मैं तुम्हें दूँगा नहीं। तुम्हारी तपस्या भंग नहीं करूँगा। तपस्या के बाद ही वरदान मिलेगा।''

आख़िरी वाक्य बोलते हुए वह पहले की तरह रेत पर दौड़ने लगा। देवेन्द्र उसे पीछे से अनवरत छोटा होते और दूर जाते देखता रहा।

सब-कुछ बदल सकता है

छोटी-छोटी गैंया, छोटे-छोटे ग्वाल
छोटे-से मेरे मदन गोपाल।

अहाते में रात ग्यारह बजे घूमते हुए कीर्तन के उक्त बोल बार-बार मेरे कानों में रस घोल रहे थे। रस का एक कारण यह भी था कि इन बोलों की धुन कोई चालू फ़िल्मी धुन थी जिसके बोल मुझे मालूम नहीं थे। चालू फ़िल्मी धुन से बच पाना मुमकिन नहीं था। बोल याद न रहना शायद उम्र का तकाज़ा था। कीर्तन के रस में डूबे आसपास की इमारतों के बहुत-से लोग अपने पलँगों पर लेटे होंगे। कुछ सो गये होंगे। मैंने महानगर की आसपास की निवासीय मीनारों की कुछ जागी रोशनियों को देखा, मीनारों के आसमान तक खिंचे परदों पर अँधेरे-उजाले की चौपड़ बिछी थी। मदन गोपाल का रस चौपड़ पर बिछल रहा था।

किशोर-वय तक मैं इस रस में सराबोर रहा। कैलेंडर में कृष्ण और कंस मुझे उतने ही यथार्थ लगते थे जितने अपने परिवार और शहर के लोग। जब मैं उस उम्र में वृन्दावन गया था तो मुझे सरोवर में कालिया नाग के नाथने और वन में पूतना के वध के कार्यक्रम सद्यः सम्पन्न लगे थे और बहुत मन हुआ था कि कृष्ण और गोपियाँ किसी कुंज में दिख जाएँ तो कुछ देर मैं भी उनके साथ खेलूँ। वे नहीं दिखे।

आहिस्ता-आहिस्ता मेरा कृष्ण कन्हैया का संसार छिन्न-भिन्न हो गया और कृष्ण व सखा और गोपियाँ उसी तरह के बिम्ब हो गये जैसे किसी कहानी के पात्र। मैं फिर वृन्दावन गया और गोवर्धन पर्वत की चोटी पर चढ़ गया। यह सम्भव था।

पर पहाड़ को उँगली पर उठाना सम्भव नहीं था— जैसे कृष्ण अपनी कहानी में करते हैं। मैं बच्चों की दुनिया से बाहर आ गया। मैंने जाना कि कृष्ण अन्ततः एक किंवदन्ती हैं— जिसकी नींव पर हमारे जीवन का प्रासाद खड़ा है। ऐसी मनगढ़न्त, कपोल-कल्पित नींव जिसकी हर ईंट किसी संयोग और परिकल्पना से बनी थी! सब-कुछ इस कहानी की तरह इतना फौरी और तदर्थ होगा, मैंने कभी नहीं सोचा था। मेरी चाल तेज़ हो गयी। कीर्तन के स्वर तेज़ हो गये थे... छोटे-

से मेरे मदन गोपाल! मदन गोपाल!! मदन गोपाल!!! चारों ओर खड़ी अँधेरे-उजाले की मीनारें एकाएक काँपने लगीं। मैंने आकाश के अँधेरे में उन्हें हिलते देखा। ऐसा कभी नहीं हुआ था। हमेशा यही हुआ था कि मेरा सन्तप्त मन महानगर की ठोस, महाकाय इमारतों को देखकर डर जाता था। मैं हताश होकर सोचता, "इन इमारतों को कौन हिला सकता है?" इमारतें आसमान के अँधेरे में अपने-आप हिल रही थीं।

मैं ख़ुशी से चीख़ा। मेरे आह्लाद का सबब सारी इमारतों की नींव का फौरी और तदर्थ होना था। मैं फिर चीख़ा। मुझे लगा कि सब-कुछ बदल सकता है!

त्यागपत्र

मैंने सोचा नहीं था कि मैं कभी अपराधी की तरह सीखचों के पीछे खड़ा हो जाऊँगा।

मुझे इस तरह खड़े होने का कोई अफ़सोस नहीं है। मैं हैरान हूँ।

मैंने अचानक आज सुबह अपने इन्हीं हाथों से सरकारी बुलडोज़र दफ़्तर की ओर मोड़ दिया था। मैं दादर के पुल के नीचे पटरियों से अवैध कब्जे हटवाकर लौट रहा था। मेरे दिमाग़ में तब अपनी चचेरी बहन कमला का वह झापड़ गूँज रहा था, जो उसने भीड़ को चीरकर चीख़ते हुए मेरे गाल पर मारा था। जब वह भीड़ से छूटी, उसने रोते हुए कहा था, "नासपीटे, मैंने क्या इसी दिन के लिए तुझे राखी बाँधी थी?"

यदि मुझे मालूम होता कि उसी पुल के नीचे मेरा बहनोई चाय का ठेला लगाता है, तो शायद मैं स्वयं वहाँ न जाता। जब ठेला बुलडोज़र के सामने आया तो उसकी सूरत धूप में चमकी। ठेले का पहिया टूटने पर कमला चीख़ती हुई मेरी ओर दौड़ी थी। वह भी मुम्बई नगर महापालिका के उपायुक्त को सरकारी काम करते हुए चाँटा मारने के जुर्म में कैद है।

जब मैंने सरकारी इमारत के मुख्य द्वार की ओर बुलडोज़र मोड़ा तो कमला का चीख़ता चेहरा मेरी आँखों के सामने था। यह मरने के पहले का चेहरा था, जिससे मुझे अपनी मरती मां का चेहरा याद आया। यह सच्चा मरना नहीं था। यह जीते जी मार दिया जाना था। मैं घर से भागे बाप और बचपन में मरी माँ का बेटा हूँ। जो पहले रिश्तेदारों की कृपा और फिर अपनी मेहनत से पढ़ा। चूँकि मुझे सरकारी नौकरी आरक्षण से मिली थी, इसलिए मैं हमेशा यह साबित करता रहा कि मैं किसी भी तरह किसी और से कम नहीं। वरना क्लर्क से उपायुक्त कैसे होता?

मैंने हमेशा कानून का अक्षरश: पालन किया।

मैं मुम्बई में फुटपाथ पर सोया हूँ और झोपड़पट्टी में रहा हूँ जहाँ लोग जानवरों की तरह सामूहिक रूप से खाते, हगते और सोते हैं और उठकर आदमियों की तरह काम पर चल देते हैं। जब मैं इस तरह झोपड़पट्टी से निकलकर काम पर जाता

था तो रास्ते में अनगिनत बहुमंज़िला इमारतें आती थीं जिनके नीचे खोलियों में गाड़ियाँ सोती रहतीं। मुझे बहुत हँसी आती थी। जिस शहर में एक आदमी के पास एक झोपड़पट्टी नहीं थी, उसी शहर में एक मोटर गाड़ी एक कमरे में रहती थी—गोया गाड़ी की जान आदमी की जान से कहीं ज़्यादा कीमती है। तब मैंने यह भी सोचा था कि सारी गाड़ियों को अरब सागर में डुबोकर उनके कमरों में आदमियों को बसा देना चाहिए। चलने के लिए बसें थीं, लोकल ट्रेनें थीं जिनकी संख्या और बढ़ायी जा सकती थी। बसें और लोकल गाड़ियाँ पेड़ों की तरह अपनी जगह खड़े-खड़े सो लेती हैं। उन्हें मोटरों की तरह घरों की ज़रूरत नहीं होती जो मुम्बई में आदमियों के पास भी नहीं थे। लोग यहाँ रात में फ़ुटपाथ पर अपना घर बना लेते थे और सुबह रेत के घरौंदे की तरह उसे मिटाकर रोटी कमाने चल देते थे। तब मैं काफ़ी छोटा था जब मैंने एक रात एक फ़ुटपाथ पर एक आदमी और औरत को कुत्ते और कुतिया की तरह लिपटे देखा था। यदि वे मोटर कार होते तो किसी कमरे में रहते।

सीखचों के पीछे खड़े हुए मुझे यह सब क्यों याद आ रहा है?

नौकरी मिलते ही मैं कूनन के पालन में जुट गया और तरक्की पर तरक्की करता रहा। मैं ईमानदारों का ईमानदार साबित हुआ। मेरी यही प्रतिष्ठा है।

आज सुबह मेरी बहन के एक झापड़ ने मेरे चेहरे को पलट दिया। जिस ओर मेरी आँखें फिरीं, उस ओर मेरी माँ का मरता चेहरा था जो सरकारी इमारत के मुख्य द्वार पर छाया की तरह काँपा। मैंने बुलडोज़र तेज़ आगे बढ़ाया। सिर्फ़ मुख्य द्वार टूटा। कूनन इसी इमारत का है, यही कानून चलाती है और कानून इसी के लिए है। इमारत की सरकार इमारत वालों के लिए है। इमारत की सरकार झुग्गी झोपड़ी या पटरी के लिए नहीं है। अलबत्ता उन्हें साफ़ करने के लिए है।

कानून का पालन करते हुए मैं यह भूल गया था कि यह कानून मेरी माँ के लिए नहीं है जिसे आज मैंने अपनी बहन के चेहरे में देखा था।

मेरा यह बयान मेरा इस्तीफ़ा है।

रेत का परदा

दीनदयाल की सुबह की चाय का टाइम आठ बजे था। जब वे नौ बजे तक हॉल में नहीं आये, तो बहू ने अन्दर जाकर कमरे में देखा। वे चित लेटे थे जैसे किसी समाधि में हों। ''बाबूजी, बाबूजी'' जयन्ती ने पुकारा। शरीर में कोई जुम्बिश नहीं हुई। फिर जयन्ती ने शरीर का हाथ हिलाया। हाथ हिला जैसे कोई लकड़ी हिली हो। जयन्ती ने शरीर टटोला जिस तरफ़ दिल था। वह भागती हुई हॉल में गयी। फ़ोन किया। तुरन्त नीचे की मंज़िल से आकर डॉक्टर मेहता ने मुआयना किया और दीनदयाल को मृत घोषित कर दिया।

जयन्ती चीख़ी।

''मगर क्यों?'' दफ़्तर के लिए तैयार खड़े किशन ने हैरानी से कहा, ''वे भले चंगे सोये थे।''

''इस उम्र में कुछ भी हो सकता है।'' डॉक्टर ने कहा, ''दिल का दौरा भी।''

''मगर उन्हें दिल की कोई बीमारी नहीं थी।''

''दिल यूँ ही रुक सकता है... अचानक थक कर।''

''मगर कोई वजह तो हो?'' किशन ने ज़िद की।

डॉक्टर ने कुछ खीझ कर कहा, ''वजह जानने के लिए पोस्टमार्टम कराना पड़ेगा।''

किशन सोच में पड़ गया। उसने कुछ कहा नहीं। सोचा ज़रूर कि पोस्टमार्टम तो हत्या या आत्महत्या की वज़ह जानने के लिए होता है।

जब अर्थी उठी तो बबलू बिलख बिलख कर रोया। वह यह कहते हुए माँ से लिपटा कि दादाजी अकेले क्यों जा रहे हैं, उसे क्यों रोज़ की तरह साथ नहीं ले जाते? कल भी नहीं ले गये थे।

कल असल में दादाजी ने बबलू से बहुत कम बात की थी। खाना खाते वक़्त वह दोपहर में मेज़ पर साथ बैठा तो ''हाँ'' ''न'' में कुछ कहा था। वे बाज़ार अकेले ही चले गये थे। कल सुबह बबलू का अँग्रेज़ी दिन शुरू हुआ था। उसे तीन

माह बाद कान्वेंट ऑफ़ जीज़स एंड मेरी में प्रवेश के लिए लिखित और मौखिक परीक्षा देनी थी। इसलिए जयन्ती और किशन ने यह तय किया था कि अभ्यास के लिए अब घर में बबलू से अँग्रेज़ी में ही वार्तालाप होगा। उनका कहना था कि वह तभी कुछ सीख सकेगा और बोलने का आत्मविश्वास अर्जित करेगा। जयन्ती फर्राटे से अँग्रेज़ी बोलती थी। उसे बहुत बुरा लगा था जब परसों मिसेज़ डिसूज़ा अपने दोनों बच्चों के साथ मिलने आयी थीं और उन्होंने अपने दोनों बच्चों से कहा था कि बबलू से हिन्दी में बात करो, उसे अँग्रेज़ी नहीं आती। यह उन्होंने अँग्रेज़ी में कहा था जिसे जयन्ती ने सुना। यह संयोग ही था कि तीन माह बाद बबलू को प्रवेश परीक्षा में बैठना था। उसी रात जयन्ती और किशन की मन्त्रणा के बाद कल सुबह से घर में अँग्रेज़ी का शाश्वत पीरियड लगने का ऐलान हो गया था।

दीनदयाल सकते में आ गये थे।

वे कल सुबह अनमने से उठे थे। पार्क में उगते सूरज की किरणों के साथ घूमते हुए वे पेड़ों की पत्तियों को घूरते रहे थे। उन्होंने हर दूसरी झाड़ी से पत्ती नोच ली थी। पार्क की पगडंडी पर कई बार जूते से ठोकर मारी थी। जब धूल सूर्य की किरणों में चमकती तो उन्हें अच्छा लगता। फिर वे थककर बेंच पर बैठ गये थे और बैठे रह गये थे। कितनी देर? उन्हें पता ही नहीं चला था। जब धूप बेंच तक आ गयी और उनकी आँखें चौंधियाईं, तब उन्हें पता चला।

रोज़ की तरह कल सुबह उन्होंने पार्क से लौटकर बबलू के कमरे में नहीं झाँका था। न उसे सोया जानकर अख़बार पढ़ते हुए उसके जागने का इन्तज़ार किया था। बल्कि उन्हें आश्चर्य हुआ था कि उन्होंने अख़बार से आँखें नहीं उठायीं जब बबलू हॉल में आया। कोई और दिन होता तो अख़बार एक ओर फेंक कर वे बबलू को बाहों में उठा लेते और चीख़ते, "आ जा मेरे राजा!"

बबलू कुछ देर उनके आस-पास घूमता रहा, फिर अन्दर चला गया था जहाँ से उसके रोने की आवाज़ आयी थी।

वे तब भी अन्दर उसे गोद में लेकर घुमाने ले जाने नहीं गये थे।

दोपहर तक उनकी समझ में आ गया था कि उनके पैर उन्हें वहाँ नहीं ले जाना चाहते जहाँ बबलू था। जब बबलू वहाँ आ जाता जहाँ वे थे, तो वे "यस" "नो" करने लगते— ज़्यादातर "नो"। उन्होंने अपने बच्चों से कभी अँग्रेज़ी में बात नहीं की थी। अँग्रेज़ी में उन्होंने सिर्फ़ अपने अफ़सर या मातहतों से बात की थी। अब जब वे कभी बहुत क्रुद्ध हेते तो अँग्रेज़ी में बड़बड़ाने लगते थे। बबलू से अँग्रेज़ी में बात करने का मतलब उससे क्रुद्ध होना था।

वे बबलू से क्रुद्ध नहीं हो सकते थे।

कल दिन भर उनके चारों ओर घर में अदृश्य रेत उड़ती रही थी जैसे घर घर

न हो रेगिस्तान हो। रात को नींद में उन्होंने रेगिस्तान का सपना देखा था जहाँ गर्म हवाओं के चक्रवात थे और उनके बीच रेत के परदे उड़ रहे थे। उनकी अन्तिम स्मृति रेत का एक काँपता परदा थी, जिसके पीछे उन्होंने अपने को खोते हुए देखा था। उन्हें ख़ुद मालूम नहीं था कि वे उस क्षण जाग रहे थे या सपना देख रहे थे।

किशन को कभी पता नहीं चला कि पिता एकाएक देह छोड़कर क्यों चले गये।

गोरे हमारी भाषा क्यों बोलते हैं?

पता नहीं, यह कैसे हुआ।

वे शुरू से ही अँग्रेज़ी में बात करने लगे थे। ऐसा नहीं है कि उनका प्रेम-विवाह था और लड़के को लड़की से 'आई लव यू' कहना कम मुश्किल लगा था बनिस्बत 'मैं तुम्हें चाहता हूँ' कहने के— क्योंकि अँग्रेज़ी में बोलने का मतलब एक परदे के पार बोलना था। उनका पारम्परिक विवाह हुआ था। वे विवाह के पहले एक-दूसरे से मिले भी नहीं थे। देखा-भर था। दूर से। यह काफ़ी था। आई.ए.एस. लड़के और मिरांडा की लड़की की जोड़ी असंदिग्ध थी। यह बात असंगत थी कि लड़के के पिता आगरा में सरकारी क्लर्क थे और लड़की के पिता का मथुरा में बड़ा व्यवसाय था। लड़की के पिता ने लड़के के परिवार को भरपूर दिया था, जिसे दूसरे दहेज कहते थे और वे स्वयं भेंट। नाना प्रकार की उपभोक्ता जिंसों के अलावा एक चमचमाती नीली 'सेंट्रो' गाड़ी थी जो कोठी के सामने मध्ययुगीन हाथी के एवज में खड़ी रहती थी और जिसका इस्तेमाल कभी-कभार विशिष्ट निजी कामों के लिए होता था जैसे किसी पार्टी या किट्टी पार्टी में जाना। आम काम सरकारी गाड़ी से होते थे।

जिन्हें हम बातें कहते हैं, वे अनिल और आशा के बीच सुहागरात में ही शुरू हुई थीं। सुहागरात में भी नहीं। एक रात पहले। क्योंकि सुहागरात के लिए वे कश्मीर के स्वर्ग में जा रहे थे। इसका सम्पूर्ण प्रबन्ध आशा के पिता ने कर दिया था। उसके पहले एक रात थी जो आगरा में हो गयी थी और अनिल के क्लर्क पिता के घर में गुजरी थी। जैसा कि रिवाज़ है, बात अनिल ने ही शुरू की थी। उसने तार जोड़ने की गरज से यह कहना चाहा था कि देखो, हम दोनों के नाम 'अ' से आरम्भ होते हैं। मगर उसके मुँह से निकला था— "लुक, अवर नेम्स स्टार्ट विद ए।" यह शोध का विषय है कि पहला ही वाक्य मुँह से अँग्रेज़ी में ही क्यों निकला। एक कारण कमरे का वह छप्पर भी हो सकता है, जिसे पहला वाक्य बोलते हुए अनिल देख रहा था। शायद आशा भी अपने को मथुरा के सेठ की बेटी

से ज़्यादा 'मिरांडियन' महसूस करती थी। इसलिए उसने अँग्रेज़ी में जवाब दिया।

फिर धाराप्रवाह बात चली।

जैसे वे बिस्तर में घुसते ही एक-दूसरे को चूमते-चाटते और एक-दूसरे के कपड़े नोचकर फेंक देते, उसी तरह हाँफ़ते-चीख़ते अँग्रेज़ी में थे। चीख़ती आशा ही थी। नौकरों पर भी। मगर तब उसे हिन्दी में बोलना पड़ता। हिन्दी घर में नौकरों की भाषा हो गयी थी।

अपनी भाषा अँग्रेज़ी थी जो कश्मीर की वादियों में फली-फूली और अनिल की हर पोस्टिंग और प्रोमोशन पर परवान चढ़ी। विशुद्ध अँग्रेज़ी का रुतबा ही अलग था। घर-बाहर चकाचौंध फैल जाती।

बेटा इसी चकाचौंध में पैदा हुआ।

उसके मुँह से पहला शब्द 'माँ' निकला— जिसे आशा ने फ़ौरन सही किया, 'मामा'। फिर बेटे ने, जिसका घर का नाम मोंटी रखा गया, पलटकर नहीं देखा। मोंटी मामा और पापा के बीच एक अँग्रेज़ी लय की तरह बढ़ने लगा। हिन्दी उसे नौकरों की खतिर थोड़ी सीखनी पड़ी क्योंकि उस ज़माने में अँग्रेज़ी बोलने वाले नौकर नहीं मिलते थे। मोंटी मेधावी था। वह बोलने से पहले अँग्रेज़ी बोलना सीख गया। एक ही बार दिक़्क़त पैदा हुई जब मथुरा से आशा का भाई आया और आशा ने मोंटी से कहा कि ये तुम्हारे मामा हैं। मोंटी चीखा, "यह कैसे हो सकता?"

"क्यें नहीं हो सकता?" आशा ने पूछा।

"क्योंकि मामा तो तुम हो!" मोंटी ने आँखें फाड़कर कहा।

"अरे, राजा बेटा," आशा के भाई ने ठहाका लगाया, "मैं हिन्दी का मामा हूँ।"

बात यहीं ख़त्म नहीं हुई। मोंटी ने आशा से पूछा कि मामा आपसे नौकरों की भाषा में क्यों बात करते हैं, क्या आप उनकी नौकर हैं?

जब मोंटी घर में धारा-प्रवाह बोला तो उसी तरह बोला जैसे बच्चे न्यूयॉर्क या लन्दन में बोलते हैं। थोड़ा फ़र्क़ उच्चारण और लहजे का था जो उसे भारतीय पहचान देता था। उसके किंचित काले (जिसे हम प्यार से साँवला कहते हैं) माँ-बाप भी भारतीय शैली में ही बोलते थे जैसे अमिताभ बच्चन से ऋतिक रोशन तक सब बोलते हैं। एक रात अनिल ने टी.वी. पर रिमोट से चैनल बदलकर बी.बी.सी. पर लगा दिया। मोंटी कुछ देर बैठा देखता रहा फिर बोला, "पापा, ये गोरे हमारी भाषा क्यों बोलते हैं?"

स्वर्ण–नगरी

यह पहली बार नहीं था।

पहले भी ऐसा हुआ था कि मैं समुद्र के किनारे शाम को खड़ा हूँ और एकाएक मेरी आँखों के सामने फैला पानी सोना हो गया है। सूरज डूब रहा था और समुद्र सोना हो गया था। मेरे पैरों के नीचे से आसमान तक सोना भरा था, जो मेरी आँखों में चमक रहा था। यह सोने का समुद्र था। सोने की लहरें अपनी जगह उछलतीं और अपने में डूब जातीं। सोना झिलमिल–झिलमिल काँपता। ऐसा लगता जैसे समुद्र अपने ऐश्वर्य से डर गया है।

मैंने सुदूर उत्तर में सोने के पहाड़ देखे थे। अभी अपने शहर में सोने का समुद्र देख रहा था। मैं जानता था कि जैसे पहाड़ों पर बर्फ़ थी, समुद्र में पानी था। सब सूरज का खेल था। मैं जानता था। लेकिन मेरी आँखें आश्चर्य से भरी थीं। सोने की चमक इतनी असली और दिलफ़रेब थी। क्या पता, पृथ्वी ने पहाड़ और सागर का सोना देखकर ही अपना सोना गढ़ा हो?

मेरा इस समय समुद्र पर आने का कोई इरादा नहीं था। मैं काला घोड़ा पर अपना काम ख़त्म करके चर्चगेट की ओर लौटता, मगर विपरीत दिशा में मुझे दूर राजेश की पीठ की झलक मिली और मैं पलट गया। गेटवे ऑफ़ इंडिया पर मैंने उस युवक का चेहरा देखा। वह राजेश नहीं था। पिछले एक हफ्ते से शहर–भर में यही हो रहा था। मुझे कोई युवक दूर से राजेश लगता। जब मैं पास पहुँचता तो वह कोई और हो जाता। शहर के सारे युवक दूर से राजेश थे। सामने कोई राजेश नहीं था। वह एक हफ्ते पहले घर से भाग गया था।

मैं अपने बेटे को शहर–भर में ढूँढ़ रहा था।

मैंने फिर समुद्र की लहरों की ओर दूर–दूर तक देखा जैसे राजेश क्षितिज पर बैठा हो। क्षितिज तक सोना–ही–सोना भरा था, जिस पर आसमान झुक रहा था। वहाँ राजेश नहीं था। कुछ बादल थे। समुद्र में कुछ जहाज़ थे। एक जहाज़ ऐन क्षितिज पर आहिस्ता–आहिस्ता डूबा जैसे समुद्र की परली ढलान पर उतरकर ग़ायब

हो गया हो।

क्या राजेश उसी सोने की ढलान पर उतर गया?

मैंने नज़रें फेर लीं। तट पर दीवार से टिकी पत्थर की बेंचों पर लोग इस तरह बैठे थे जैसे लोकल ट्रेन की बेंच पर तीन की जगह चार बैठते हैं। उनकी पीठ समुद्र की ओर थी। चेहरा पीछे घुमाने को जगह नहीं थी— जहाँ विस्तार में सोना फैला था। दिपदिपाते सोने से बेख़बर वे समुद्र-तट की भीड़ को देख रहे थे, जिसके बीच में नारियल और भेल और सींगदाने के फेरी वाले थे। बैंच पर बैठे ज़्यादातर लोग पारसी थे जो घरों से ऊबे पिछवाड़े समुद्र तट पर आ गये थे और अब इन बेंचों से ऊबकर घर चले जाएँगे।

तीन दशक पूर्व मैं अपने क़स्बे से ऊबकर यहाँ गोरेगाँव में काका के घर भाग आया था। मैं क़स्बे की बेकारी से ऊबा हुआ था। जहाँ मुझे बेशर्मी से रोटी तोड़ने के अलावा कुछ नज़र नहीं आता था यहाँ काम था। रोटी थी। कोई बेशर्मी नहीं थी। मेरा जवान बेटा नयी सदी में घर का सारा सोना लेकर घर से भाग गया।

मैं समुद्र के सोने की ओर निहार रहा था... झिलमिल। सूर्य की अदृश्य किरणों ने सागर-मन्थन से सोना निकालकर धरती से आकाश तक फैला दिया था। क्षितिज अब कुछ सिरहता-सा लगा। तट पर कुछ नावें बँधी थीं, जो समुद्र में खड़ी लगातार डोल रही थीं।

बँधी नावों के परे लंगर डाले कुछ जहाज़ खड़े थे। वहीं प्रकाश-गृह था, जिसमें अभी रोशनियाँ जलेंगी। तब सोना ग़ायब हो जाएगा।

मैं पहले ही समुद्र छोड़ दूँगा, ताजमहल होटल के सामने फुटपाथ पर चलते हुए मैंने सोचा। ताजमहल होटल और एनेक्सी में जगमग रोशनियाँ थीं जैसे समुद्र के सोने की कुछ परछाइयाँ हों। सड़क पर कुछ विक्टोरिया और विदेशी गाड़ियाँ थीं और विदेशी रौनक थी। यहाँ गेटवे के आस-पास की देसी भीड़ नहीं थी, जो पाँच दशक पूर्व अँग्रेज़ों के गेट से बाहर सागर-मार्ग से अपने घर चले जाने पर बची थी।

बायीं ओर सागर-स्वर्ण निहारते हुए मुझे याद आया कि मैं स्वर्ण-नगरी में ही हूँ— यद्यपि यह नाम उसे मृत्यु ने दिया था।* सोने का शहर सोने के समुद्र के किनारे था। कब मेरे पेंट की जेब से राजेश का आख़िरी ख़त मेरे हाथ में आ गया, मुझे पता नहीं चला। मैंने उसे खोला नहीं। मुझे पता था, उसमें क्या लिखा है—

मैं थोड़ा-सा सोना लेकर बहुत-से सोने की तलाश में जा रहा हूँ। मुझे खोजना बेकार है। जब बहुत-सा सोना मिल जाएगा, मैं ख़ुद वापस आ जाऊँगा।

---

* एक किंवदन्ती के अनुसार, लोग मरकर सोना हो जाते हैं।

यदि मैं अभी सीधा चलता रहूँ, मैंने सोचा, तो मैं मुम्बई के बीचोंबीच पहुँच जाऊँगा जहाँ कभी दलदल था और जिसे विष्ठा से पिछली सदी में पाटा गया था। सोने के शहर की नींव में विष्ठा! मैं चलते हुए चौंका। मैंने राजेश का आख़िरी ख़त फाड़कर समुद्र में फेंक दिया। तब समुद्र में प्रकाश-गृह की बत्तियाँ जलीं।

अब समुद्र में सोना नहीं था।

मैं तट पर चलते-चलते आहिस्ता-आहिस्ता रोने लगा। मुझे पहली बार लगा था कि राजेश वापस नहीं आएगा।

बन्दरों का बाज़ार

वहाँ सबकुछ था। जो वहाँ नहीं था, वह कहीं नहीं था। उस बाज़ार के बारे में लोग यही कहते सुने गये।

यह उस ज़माने की कहानी है जब बन्दर पिछली टाँगों पर खड़े हो गये थे और उनके हाथ मुड़े थे। खड़े होने पर कभी-कभी लम्बी पूँछ धूल में घिसटने लगती। प्रतिष्ठित बन्दरों के लिए यह विडम्बना थी। इसका निदान कई तरह से सोचा गया। पहली सूझ तो यही थी कि पृथ्वी को चमड़े से मढ़ दो। या सारी पूँछों को— जूतों की तरह। दूसरी सूझ से पूँछ-वस्त्रों की उत्पत्ति हुई— गले में टाई की तरह। जिस तरह टाइयाँ रोज़ बदली जाती हैं, उसी तरह पूँछ-वस्त्र दिन में कई बार बदले जाने लगे। जल्दी ही पूँछ-वस्त्र वस्त्र-उद्योग का प्रमुख अंग हो गये।

ऐसे में यह ख़बर आयी कि धरती के एक कोने में वैज्ञानिक वंशाणुओं में कुछ परिवर्तन पर शोध कर रहे हैं ताकि अगली पीढ़ी में पूँछें झर जाएँ। यह कहा गया कि इससे पूँछों के भू-लुंठन का ख़तरा नहीं रहेगा। जब धरती के बन्दर अपनी सन्तति की पूँछ-मुक्ति का स्वप्न देख रहे थे, तभी यह ख़बर आयी कि पिछली ख़बर अफवाह थी। पूँछ झरने की बात ग़लत थी। पूँछ अभिशाप नहीं, आभूषण है। इस आशय के बड़े-बड़े पोस्टर और होर्डिंग शहरों के चौराहों पर एकाएक नज़र आये जैसे कोई जादू हुआ हो।

इसे पूँछ-जादू कहा गया।

इसका उत्स पूँछ-वस्त्र उद्योग के माफ़िया का सशक्त प्रचार बताया गया। एक अन्तर्राष्ट्रीय साहसिक पत्रिका में यह भी छपा कि इसी माफिया ने उस वैज्ञानिक की हत्या कर दी जो पूँछ-मुक्ति पर शोध कर रहा था। केवल उस वैज्ञानिक की ही हत्या नहीं हुई, उस प्रयोगशाला का भी नामोनिशान नहीं रहा जिसमें पूँछ-मुक्ति पर काम चल रहा था। जैसे वह वैज्ञानिक लोक-स्मृति में रहा, उसी तरह उसकी प्रयोगशाला।

पूँछ-वस्त्रों के फ़ैशन बदलते रहे। हर मौसम में। बात सिर्फ़ पूँछ की नहीं थी।

पूँछ के बाद बन्दरों की सभ्यता में यह बहस चली कि शरीर के कुछ दूसरे अवयवों की तरह मुँह और लिंग की भी जोड़ियाँ क्यों नहीं हैं— विशेषकर लिंग की। यदि दो-दो मुँह और लिंग या योनियाँ हों तो देह का मज़ा ही कुछ और हो! इससे न सिर्फ़ वस्त्र-उद्योग का विकास होगा, बल्कि यौन-विहार भी विकसित होगा। तब यह केवल एक बन्दर और एक बन्दरिया के बीच का मामला नहीं रहेगा।

यौन-क्रीड़ा बन्दर-सभ्यता की विशेषता थी।

यौन-अंगों की शाश्वत एकरसता देखते हुए सम्भोग में बहुत फेर-बदल सम्भव नहीं था। बन्दर और बन्दरिया यौन-क्रिया में एक-दूसरे पर सधे हुए फिरकी की तरह घूमें— इसे गहन विमर्श के बाद अन्तिम आसन मान लिया गया और इसे फिरकी-आसन नाम दिया गया। पहले बन्दरों में सम्भोग के सम्पादन में नंगे बदन इस्तेमाल करने का चलन था। मगर फिरकी-आसन के आविष्कार के बाद वस्त्र-उद्योग के विकट प्रचार ने सम्भोग करते बन्दर-बन्दरिया के सिर पर रंग-बिरंगी टोपी लगा दी और कमर को नंगा छोड़ हाथ-पैर और छाती और गले पर भी तरह-तरह के प्रयोग किए। दीवारों और चौराहों और सिनेमाघरों में प्रचार किया गया कि मैथुन-रत फिरकी से घूमते बन्दरों की देह पर वस्त्रों के रंग दुगुने हो जाते हैं और उनका मज़ा तिगुना। प्रचार इतना प्रचंड था कि किसी बन्दर को इस पर सन्देह करने या इसकी ताईद करने की ज़रूरत महसूस नहीं हुई। सबको भरोसा हो गया।

चूँकि बन्दरों को मैथुन के लिए नयी-नयी जगहें ईजाद करने का शौक था, इसलिए वे पहाड़ों की चोटियों पर, समुद्र की लहरों पर, पेड़ों की डालों पर, यहाँ तक कि ताड़ और खजूर के सिरों पर भी फिरकी की तरह घूमते देखे गये। नदियों में बजरे सिर्फ़ नृत्य और संगीत सभाओं के काम आने लगे।

वस्त्रों की तरह खाद्य-पदार्थों और पेयों के उद्योग में भी अभूतपूर्व विकास हुआ। धरती पर कुछ देशों में इतना औद्योगिक विकास हुआ था कि वहाँ के अमीर बन्दरों ने पानी पीना छोड़ दिया था। पानी पीना वहाँ दरिद्र माना जाता। जब पेयों के इतने उद्योग थे, तो पानी पीने की क्या ज़रूरत थी? खाने के साथ भी नहीं। खाने के साथ कोई पेय पिओ। स्वाद दूना हो जाएगा। पिछली पीढ़ियों के कुछ बूढ़े अपनी आदत से मजबूर शहर में पानी ढूँढ़ते। पर उन्हें पानी नहीं मिलता था। जब तीन बूढ़े एक साथ प्यासे मरे, तो अख़बारों में यह ख़बर 'आश्चर्यजनक, किन्तु सत्य' के कॉलम में छपी।

नयी पीढ़ी के बन्दर मांसाहारी थे। उनहेंाने परम्परा तोड़ दी थी। वे छप्पन भोजन, सौ व्यंजन— ऐसे मुहावरों पर हँसते। अब शाकाहारी मांसाहारी— हज़ारों व्यंजन थे जिनसे बाज़ार पटे पड़े थे। प्रदर्शन-खिड़कियों में वस्त्र थे या व्यंजन थे या दैहिक उत्तेजना के विविध अस्त्र थे। बाज़ार में देह के सारे व्यापारों की वस्तुगत

गाथाएँ थीं।

बाज़ार देह-गान था।

एक शाम शहर में ख़बर फैली कि 'शरीर' रेस्तराँ में एक ऐसा नया व्यंजन उपलब्ध है, जिसका स्वाद दिव्य है। लोग वहाँ टूट पड़े और प्लेटें चाटने लगे। माल ख़त्म। अगली शाम। फिर माल ख़त्म। कुछ दिनों बाद माल ख़त्म होने का राज़ खुला। यह बन्दर के बच्चे के मांस का व्यंजन था, जिसकी उपलब्धता सीमित थी।

शहर में सनाका खिंच गया।

क्या बन्दर-सभ्यता की जय-यात्रा की यही पोल थी? क्या बन्दर अपने बच्चे खाने के लिए ही अपने पैरों पर खड़ा हुआ था? क्या सदियों पार फैले वैज्ञानिक विकास की यही चरम उपलब्धि थी? एक नयी बहस चली। क्या बन्दर केवल शरीर है? आँधी की तरह यह सवाल उठा कि आत्मा कहाँ है? बाज़ार में बन्दर-आत्मा कहाँ है? पानी पीने वाले कुछ बचे-खुचे बूढ़े इस सवाल पर हँसे जैसे पानी ही आत्मा हो।

तभी दूर क्षितिज पर कुछ पूँछें हवा में लहराने लगीं। फिर पूँछों के आस-पास धूल उठी। अहिस्ता-अहिस्ता धूल क्षितिज पर छा गयी।

एक ख़ूबसूरत छक्का

मैं अब छज्जे पर इस तरह बार-बार आता हूँ जैसे बचपन में दहलीज़ पर आता था। हमारे बचपन के घर में छज्जा नहीं था। अब दहलीज़ नहीं है। सातवीं मंज़िल के इस फ़्लैट की बालकनी आकाश में खुलती है, जिसके नीचे धरती का व्यापार है। क्षितिज पर दो ओर राजधानी की सड़कें हैं जो रात के अँधेरे में जगमग हो जाती हैं। सामने अधबनी अट्टालिकाएँ हैं और दायीं ओर कुछ दूर पार्क ज़मीन पर फैला है। पार्क में एक ओर एक बोर्ड लगा है, जिस पर लिखा है— क्रीड़ा-स्थल, हॉकी। मगर यहाँ हॉकी कोई नहीं खेलता। सब क्रिकेट खेलते हैं।

कभी-कभी ऐसा होता है कि मैं छज्जे पर खड़ा होता हूँ और सामने की अधबनी इमारत की किसी नंगी छत पर कोई अधनंगा लड़का पतंग या पार्क के लिए किनारे पर उछलता है और मैं देखता रह जाता हूं क्योंकि छत के किनारे पर दीवार नहीं होती। फिर मैं वह मंज़िल गिनता हूँ जिस पर वह लड़का उछल रहा है। चौथी या पाँचवीं। मेरी गिनती ख़त्म हो जाती है और लड़का गिरता नहीं। तब तक कोई दूसरा अधनंगा लड़का किसी दूसरी छत पर उछलने लगता है। अधबनी इमारतों के बग़ल में झोपड़ियों का एक झुंड है जिसमें मज़दूर रहते हैं। बारिश या ठंड में ये इन इमारतों के अन्दर और गर्मियों की रातों में इनकी छतों पर आ जाते हैं। कोई इन्हें रोकता नहीं। बच्चों के लिए यही क्रीड़ा-स्थल है। वे उछल-उछल कर पार्क की ओर देखते हैं।

पार्क में दिनभर क्रिकेट होता है। अक्सर छुट्टी के दिन या देर दोपहर में कॉलेज के वयस्क लड़के पूरी वर्दी और अस्त्रों के साथ मैदान में आ जाते हैं। मानो यह पार्क टीवी के परदे पर है और कोई राष्ट्रीय या अन्तर्राष्ट्रीय मैच हो रहा है। यह सम्पूर्ण क्रिकेट है— टीवी के विज्ञापनों से सफ़ेद पैंट-कमीज़, जूते, टोपियाँ, लेग-गार्ड, अम्पायर और पिच पर बिछी हरे रंग की मैट। खेल में जब कोई आउट होता है तो फ़ील्ड में सब खिलाड़ी दौड़कर एक-दूसरे के दोनों हाथों पर उसी तरह तालियाँ बजाते हैं जैसे टीवी के परदे पर होता है। कभी-कभी मैं भूल जाता हूँ कि

टीवी देख रहा हूँ या पार्क। क्या छत पर उछलते लड़के भी भूल जाते होंगे? कभी-कभी वे उछलना भूलकर चित्रलिखित से पार्क की ओर निहारते रह जाते हैं।

जब पूरा खेल नहीं होता तो नेट-प्रैक्टिस होती है। विकेट के तीन ओर सुन्दर-सी जाली तन जाती है और दो लड़के एक के बाद एक गेंद फेंकते हैं। और एक लड़का बैटिंग करता है। सातवीं मंज़िल की ऊँचाई से यह दृश्य मनोरम लगता है जिसमें सफ़ेद जाली पार्क के हरेपन में खिल जाती है। कभी-कभी लड़के कैच का अभ्यास करते हैं : एक अर्द्धवृत्त में पाँच-छह लड़के खड़े हो जाते हैं और कोई एक लड़का सामने बल्ले से बार-बार गेंद उनकी ओर फेंकता है और वे लपककर गेंद वापस बल्ले की ओर लौटा देते हैं। फिर वे व्यायाम करते हैं और साथ-साथ पार्क में दौड़ते हैं। दौड़ते हुए वे दूर ऊँचाइयों से बड़े-बड़े सफ़ेद पक्षियों की तरह नज़र आते हैं।

क्या वे छतों पर खेलते बच्चों को भी पक्षियों से लगते होंगे?

जब सम्पूर्ण क्रिकेट नहीं होता, तो क्रिकेट खेलने के कई तरीके ईजाद कर लिये जाते हैं। ऐसे अधूरे खेलों में ज़्यादातर कम उम्र के लड़के शामिल होते हैं। सबसे पहले टोपी ग़ायब होती है। फिर सफ़ेद पैंट-कमीज़ और जूते। कपड़ों की सफ़ेदी के साथ ही पिच पर बिछी मैट भी ग़ायब हो जाती है। पैंट-कमीज़ किसी भी रंग की हो सकती है। कभी-कभी हाफ़-पैंट भी नज़र आ जाता है। लेग-गार्ड पहले दो से एक होता है, फिर वह भी ग़ायब हो जाता है। दो बैट की जगह एक ही बैट से खेल होता है और हर रन के बाद बल्ला विकेट के पासवाले लड़के को थमा दिया जाता है क्योंकि ऐसी स्थिति आने तक विकेट भी एक ही ओर रह जाते हैं। दूसरी ओर या तो एक इकलौता विकेट होता है या पत्थर।

क्रिकेट के अस्त्र और लिबास चाहे जितने अधूरे हों, खिलाड़ियों की गम्भीरता कभी कम नहीं होती। गेंदबाज़ उसी तरह हर प्रकार की स्पिन, स्विंगर और तेज़ गेंदें फेंकते दिखाई देते हैं। बल्लेबाज हर तरह के स्ट्रोक मारता नज़र आता है। जब बाउंड्री लगती है तो अम्पायर हाथ ऊपर उठा देता है। वह बाइड बाल के लिए भी संकेत करता है— चाहे ख़ुद जाँघिया ही क्यों न पहने हो। और जब जाँघिया पहने वह किसी को आउट घोषित करता है तो फ़ील्ड के खिलाड़ी उसी तरह एक-दूसरे की ओर दौड़कर दोनों हाथों से तालियाँ बजाते हैं जैसे टीवी के परदे पर होता है। शायद यही कारण है कि मैं कभी-कभी पार्क को टीवी और टीवी को पार्क समझ बैठता हूँ।

एक सुबह मैं रोज़ की तरह बिस्तर से उठकर सीधा बालकनी पर आया। अभी सूरज नहीं निकला था। झुटपुटा था। शायद आसमान में बदली भी थी। सवेरा क्षितिज पर अटका था। पार्क में हरी घास पर साँवला उजास था। पिच पर मैट नहीं

थी, खलवट ज़मीन की पट्टी धुंधलके में चमक रही थी। पट्टी के चारों ओर लड़के फैले थे। लड़के निचाट नंगे थे। या उन्होंने चमड़ी के रंग का ही लिबास पहना था— जैसे लड़कियाँ फ़िल्मों में पहनती हैं। गेंद नज़र नहीं आ रही थी, न बल्ला। विकेट भी नहीं थे। या क्रिकेट के सारे अस्त्र झुटपुटे में छिप गये थे? मगर खेल चल रहा था जैसे टीवी पर कोई अन्तर्राष्ट्रीय मैच हो रहा हो। सामने की अधबनी छतों पर कोई लड़का नहीं था। क्या सब पार्क में उतरकर क्रिकेट खेल रहे थे? तभी एक ख़ूबसूरत छक्का लगा— हालाँकि गेंद नज़र नहीं आयी, न बल्ला।

मैं बल्लेबाज़ को बधाई देने पार्क की ओर भागा। जब मैं हाँफ़ता हुआ पार्क में पहुँचा, वहाँ कोई नहीं था— पार्क ख़ाली था।

कुत्ता

''कुत्ता!''

सुबह-सुबह लोकल ट्रेन के एक डिब्बे में लोग झाँकते और उनके मुँह से निकलता, ''कुत्ता!'' यद्यपि वहाँ कोई कुत्ता नहीं था। न अभी पूरी सुबह हुई थी। सुबह का चेहरा ज़रूर रात के अँधेरे में झिलमिला रहा था। आसमान के नीचे और मुम्बई शहर के ऊपर रात का बिखरता अँधेरा था। मुम्बई रात-भर जागती थी। सोती नहीं थी। सिर्फ़ दिन-रात के चादर बदलती रहती।

कल की रात सुनहरी थी। कल एक सहस्त्राब्दि ख़त्म हुई थी और दूसरी शुरू। रात बारह बजे महानगर तड़प कर चीख़ा था। यह ख़ुशी की चीख़ थी। उसने अपने बनाये समय के एक पैमाने को तोड़कर फेंक दिया था जैसे कोई दिया हुआ ख़ाली जाम फेंक देता है। शहर में टूटे ख़ाली जाम बिखरे थे जैसे शहर के फुटपाथों और झोपड़पट्टियों में लोग सो रहे थे। इन लोगों का सोना ही जश्न था।

यह एक अजीब शहर था जिसमें कुछ लोग जश्न के लिए जागते थे और बाक़ी सब सो जाते थे।

जो रात में सोये थे, वे ही सुबह से पहले जाग गये थे और नयी सहस्त्राब्दि की रोटी की तलाश में लोकल ट्रेन में घुसकर चीख़े थे, ''कुत्ता!'' कुछ लोग जो डिब्बे में दूसरी ओर थे, इस ओर कुत्ता देखने झपटे थे। जिस लोकल में लोगों को खड़े होने की जगह नहीं मिलती थी, उसमें कुत्ता बैठा था! यह दैवी चमत्कार था।

चमत्कार देखकर लोग आँखें फेर लेते। मगर आँखों में मूरत बस जाती— चाहे नंगा हो, पर जिस्म सुनहरा था। वह एक नवयुवक का जिस्म था, जिसने बायें हाथ की उँगली में अँगूठी के सिवा कुछ नहीं पहना था। अलबत्ता पिछली सदी में युवक ने सब-कुछ पहना था। इस सदी तक आते-आते उँगली में सोने की अँगूठी बची थी। आँखें बन्द थीं। जैसे युवक ने आँखें बन्द करके सदी लाँघी हो।

जिस सदी ने कपड़े उतारे, उसने सोने की अँगूठी क्यों छोड़ दी? यही आश्चर्य था। क्या सोने की अँगूठी उसके शरीर पर समुद्र के प्रकाश-गृह की तरह छूट गयी

थी? प्रकाश-गृह देखकर जहाज़ भटकते नहीं, किनारे लग जाते हैं। क्या सोने की अँगूठी युवक को किनारे लगाने के लिए थी? क्या नयी सदी में युवक सोने के सहारे ही तैरेगा?

यह सचमुच इक्कीसवीं सदी का आठवाँ आश्चर्य था। जिसने रात में युवक के कपड़े और जूते उतारे, उसने सोने की अँगूठी क्यों छोड़ दी? उतारने वाला ज़रूरतमन्द ही होना चाहिए। कोई मारुति पार्क करके आधी रात लोकल में चोरी करने नहीं आएगा। या क्या कोई चोर ऐसा भी हो सकता है जिसकी उँगलियों में अँगूठी के लिए जगह न हो?

अब खुलती सुबह का शर्मीला उजास डिब्बे की खिड़कियों से अन्दर आ रहा था। चलती गाड़ी में पीछे भागते पेड़ और मकान थे, जिनसे टकराकर साँवला उजाला अन्दर आ रहा था। यह ऐसा दुविधा का क्षण था जब सूर्य की पहली किरणें बिजली के जलते खम्भे से टकरा रही थीं। नारियल और ताड़ के पेड़ हवा और आसमान में झूम रहे थे।

नये उजाले में अँगूठी दिप-दिप चमक रही थी। डिब्बे में अब लोग ही लोग थे। कोई एक आदमी सबको एक साथ चकमा नहीं दे सकता था। यदि ऐसा सम्भव होता तो अँगूठी अभी तक ग़ायब हो गयी होती। क्योंकि जो कोई बेहोश युवक को देखता, वह सब-कुछ भूल जाता लेकिन अँगूठी नहीं भूल पाता था। अँगूठी उसकी आंखों में झूलती रहती। आँखों में झूलती अँगूठी में उँगली नहीं थी।

सोने की अँगूठी आज़ाद थी।

डिब्बे में लोग आदमी के बहाने अँगूठी की बात करते। चूँकि यह आदमी सुबह बोरिवली प्लेटफार्म पर गाड़ी में पाया गया था, इसलिए यह साफ़ था कि वह चर्चगेट की ओर से आधी रात में आया था और कोने की सीट पर सो गया थ। क्या पता, वह सोते-सोते ही गाड़ी में चढ़ा हो और सीट पर बैठ गया हो? बैठने, सोने और लेटने में अब कोई ज़रूरी रिश्ता नहीं था। रूढ़ि टूट चुकी थी। लोकल में लोग बैठकर सो जाते थे और सोते हुए खड़े रहते थे।

वह आदमी किसी गहरे नशे में था। नींद में चोरी इसका प्रमाण थी। हालाँकि यह प्रमाण काफ़ी नहीं था। नींद ही काफ़ी थी। चोरी नींद का प्रमाण भी हो सकती थी। असल बात युवक का नंगा हो जाना था लेकिन इस बात का कोई प्रमाण नहीं था कि युवक ट्रेन में नंगा ही नहीं घुसा था। एक सम्भावना यह भी थी कि युवक नंगा ही अँगूठी पहने आधी रात मुम्बई की सड़कों पर घूमता रहा हो, फिर गाड़ी में बैठ गया हो और सो गया हो। आख़िरकार एक सदी ख़त्म हो गयी थी।

लेकिन आदमी का सबसे विवादास्पद अंग अँगूठी की उँगली साबित नहीं हुई, बल्कि वह लिंग साबित हुआ जो खड़ा था। आदमी सो रहा था। लिंग प्रहरी की

तरह खड़ा था। वह सीधा खड़ा था जैसे आदमी उसी के सहारे सो रहा हो। लोग देखकर चौंकते और चौंककर हड़बड़ा जाते। एक स्त्री डिब्बे में उसी ओर चढ़ी। मगर उसे देखकर डिब्बे में दूसरी ओर चली गयी।

युवक ने एकाएक आँखें खोलीं। चारों ओर देखा। फिर आँखें बन्द कर लीं। लोग उसे घूर रहे थे। एक ने उसका कन्धा थपथपाया—

"यह कैसे हुआ?"

"क्या?"

"यह!" प्रश्नकर्ता ने उसके समूचे नंगे शरीर की ओर इशारा किया।

"नहीं मालूम।"

"कहाँ जाना है?"

"नहीं मालूम।"

उसने फिर आँखें बन्द कर लीं जैसे अपने पलंग पर लेटा हो।

नयी सदी की नयी आज़ादी

यह नयी सदी का पहला स्वतन्त्रता दिवस था।

हमने सुबह टी.वी. पर प्रधानमन्त्री को लाल क़िले पर तिरंगा फहराते देखा। फिर उनका भाषण सुना— जैसे हर साल सुनते हैं। कुछ नया नहीं था। नया हमारा पिकनिक का कार्यक्रम था। हम पश्चिमी घाटों की ओर मालशेज चले। सड़क पर थोड़ी-थोड़ी दूरी पर दोनों ओर गाँव थे। गाँव लगभग वैसे ही थे जैसे लखनऊ के आसपास हैं। मगर कुछ कम बदरंग। कहीं-कहीं स्कूली बच्चों की रंगीन पोशाकें थीं और फड़फड़ाते हुए झंडे थे जो धूप में चमक रहे थे।

एक फड़फड़ाता झंडा हमारी गाड़ी में आगे एक चित्र में था।

जैसे ही हमारी गाड़ी मुम्बई से बाहर घाटों की सड़क पर आयी, मौसम बदल गया। एक ओर पहाड़ की कटी-छिली पीठ थी, दूसरी ओर गहरी घाटी थी जिसमें जंगल, मकान, खेत और कहीं-कहीं पानी की धारें थीं। यह घनी बरसात का मौसम था। आसमान में बादल थे और घाटी में हरा रंग भरा था। हरा रंग इतना गहरा था जैसे क़ायनात में एक ही रंग हो, जो बादलों से ढँका हो।

फिर बारिश शुरू हो गयी।

गाड़ी पहाड़ पर ऊपर चढ़ रही थी। सामने पानी के धागे तने थे। पहाड़ पर पानी की आवाज़ नीचे घाटी में गूँज रही थी। यह अनुगूँज आँखें बन्द करके हम भीतर भी सुन सकते थे। कुछ देर बाद जब गाड़ी मुड़ी और मैंने आँखें खोलीं तो मैंने गाड़ी को बादलों में प्रवेश करते हुए देखा। नीचे घाटियों में बादलों का समुद्र था जिसमें आकाश डूब गया था।

सड़क पर चलना बादलों में तैरने की तरह था। हम चुप थे। किसी आवाज़ की ज़रूरत नहीं थी।

सहसा आपस में गुँथी बहुत सारी चीख़ों ने हमें झकझोर दिया। गाड़ी बादलों से बाहर आ गयी थी। दोनों ओर नंगे नौजवान ख़ुशी से चीख़ रहे थे और चिल्लाते

हुए नाच रहे थे। वे सिर से पैर तक भीगे हुए थे। उनके बाल चेहरे पर बिखरे थे और दाँत बाहर निकल आये थे। पानी थम गया था। सड़क के एक ओर पहाड़ी से झरने गिर रहे थे, दूसरी ओर असीम हरी घाटी थी जिसमें बियाबान चट्टानें थीं और ख़ौफ़नाक जंगल थे।

लड़कों की आवाज़ों में कोई स्वर या शब्द नहीं थे। सिर्फ़ उन्माद था।

लड़कियाँ चुप थीं। वे भीगी हुई सड़क पर जा रही थीं। उनके कपड़े पारदर्शी नहीं थे। पानी उन्हें भेद रहा था। गोलाइयाँ कुछ और गोल और नयी हो गयी थीं। वे सीधी-सामने देख रही थीं। ये झरनों से सड़क पर आये लोग थे, जो शायद थोड़ी देर बाद फिर झरनों पर लौट जाएँगे। झरनों पर ऊपर तक लोग फैले थे। हम ऊपर चढ़ गये। जितना ऊपर चढ़ो लोग कम होते जाते थे। मैं ऊपर चढ़ता रहा जब तक लोग नज़र आये। चट्टानों पर पैरों की जगह ढूँढ़ता हुआ मैं जहाँ तक पहुँचा था वहाँ दो लड़के और तीन लड़कियाँ थीं जो झरने के पानी से खेल रही थीं।

मैं पानी के दूसरी ओर एक चट्टान पर खड़ा हो गया और नीचे की ओर देखने लगा। नीचे बहते झरने पर क़दम-क़दम पर लोग थे जो पानी से खेलते हुए खिलखिला रहे थे। लड़के और लड़कियाँ सब उन्मत्त थे। झरने के पानी के साथ-साथ नीचे की ओर लड़के-लड़कियों की खिलखिलाहट बह रही थी। अचानक मेरी नज़र ऊपर की ओर झरने पर उठी जहाँ एक लड़का एक चट्टान की आड़ में पानी की ओर मुँह किए खड़ा था। मेरा माथा ठनका, जब मैंने उसका बायाँ हाथ निकर की ओर जाता हुआ देखा जैसे यह पेशाब की मुद्रा हो।

वह झरने पर ऊपर खड़े मूत रहा था। लोग नीचे नहा रहे थे।

जब मैं नीचे सड़क पर पहुँचा तो मेरे दोस्त ने हँसते हुए बताया कि मेरे चेहरे पर आँखों के नीचे दोनों और पानी की धारें हैं जैसे मैं रो रहा होऊँ।

''झरने का पानी है,'' मैंने कहा।

सड़क पर घूमते हुए मैंने उसी युवक को दो-तीन बार नंगे घूमते हुए देखा। वह बादामी रंग की निकर पहने था। उसका शरीर भरा-पूरा सुन्दर था। रंग गोरा। तीखे नाक-नक्श। बाल काले, कुछ चमकते हुए। हल्की-सी मूँछें। पेट चपटा। छाती और बाजू उभरे हुए। जैसे कामदेव का नया अवतार हो। वह देवता की तरह सड़क पर घूम रहा था, जहाँ दोनों ओर उसे देखते हुए लड़के-लड़कियाँ चल रहे थे।

मुझे ताज्जुब हुआ जब मैंने उसे ढाबे में खड़े हुए कुछ सिहरते हुए देखा। उसकी देह पर पानी की बूँदें छलछला रही थीं। शायद वह मुस्करा रहा था।

''बेटा,'' मैंने उसकी डबडबाती देह देखते हुए कहा।

उसने मेरे सफ़ेद बाल देखे। कहा कुछ नहीं।

''ठंड का मजा ले रहे हो!''

उसकी आँखों में कुछ असमंजस था। वह चुपचाप ढाबे से निकलकर आगे बढ़ा— जहाँ गाड़ियों का हुजूम था। मेरे मुम्बई-निवासी दोस्त ने बताया कि नवयुवक गाड़ी में दो-चार घूँट शराब पिएगा, फिर सड़क पर नंगा निकल आएगा, दूसरे युवकों की तरह।

वह आज़ादी का दिन था।

बासा पानी

मैं पेड़ के नीचे बैठा था। पेड़ के नीचे पेड़ की छाया थी जिसमें पत्तियाँ नीचे घास पर धूप में जुम्बिश खा रही थीं। उतरते जाड़ों की गुनगुनी धूप और ठंडी हवा चारों ओर गोल पार्क में फैली थी, जिसके परे कनॉट सर्कस की गोल सड़क पर दौड़ती गाड़ियाँ थीं और उनके परे अँग्रेज़ों के ज़माने की दुकानों की इमारतें। ऊपर आकाश में पक्षियों की आँखों को चुँधियाती धूप थी।

सूर्य कहीं इमारतों के पीछे था— जिसके चारों ओर पृथ्वी घूम रही थी।

यह मेरे साथ लड़कपन से हो रहा था। मुझे ख़ूब याद था। मैं अपने घर में बैठा होता। अचानक उठ कर किसी दोस्त के घर चल देता। वह ख़ुश हो जाता। हम एक साथ वक़्त गुजारते। असल में अक्सर हम वक़्त एक साथ गुजारते थे क्योंकि अकेले अपनी साँस को झेल नहीं पाते थे। तब मैं यह जानता नहीं था। इसे मैंने आहिस्ता-आहिस्ता जाना और इसे बेचैनी या ऊब का नाम दे दिया।

बेचैनी का ऊब हो जाना बढ़ती उम्र के साथ हुआ होगा जिसमें बेचैनी का निदान न मिलकर उसका ऊब में बदल जाना शामिल रहा होगा। यह प्रक्रिया घातक थी। मुझे पता ही नहीं चला। पता न चलना और भी ज़्यादा घातक है। इसमें मृत्यु की गन्ध है।

''पेप्सी!''

चार बोतलें लिये एक लड़का अचानक सामने अवतरित हुआ। क्या मैं घर से भाग कर यहाँ इस उम्र में पेप्सी पीने आया था? मैंने एक बोतल ले ली। सींक से पेप्सी सुड़की। यह वही पेय था जिस पर बकौल टी.वी. दुनिया पागल थी। मुझे लगा मैं बासा पानी पी रहा हूँ। शायद यह मेरे बुढ़ापे की वजह से है, मैंने सोचा। जब मैं जवान था तब कोकाकोला का ज़माना था और मैं चटखारे लेकर ऐसा ही बासा पानी पीता था।

मेरे सामने घास पर फैले कबूतरों का एक झुंड सहसा पंख फड़फड़ा कर हवा में फैल गया जैसे कोई रंगीन चादर उड़ी हो।

क्या घर से बाहर भागने पर ऐसा ही बासा पानी पीने को मिलता है? भरी दोपहरी बस में बैठकर मेरे यहाँ अकेले आने का कोई विशेष कारण नहीं था। यह कुछ कुछ ऐसा ही था जैसा लड़कपन में अचानक मेरा घर से उठकर किसी दोस्त के पास चला जाना। क्या कनॉट सर्कस के गोल पार्क का यह पेड़ मेरा दोस्त था? लड़कपन के कस्बे से बुढ़ापे के महानगर में यह तरक्की ज़रूर हुई थी कि घर से निकलते समय मुझे न इस दोस्त का नाम मालूम था न पता। बस मुझे अपने होने का हल घर में नज़र नहीं आ रहा था। इसीलिए मैं बाहर भाग आया था।

लोग हर उम्र में घर छोड़ कर भागते हैं। कभी बाहर दूसरा घर बनाते हैं। कभी दरिया या रेल की पटरी की ओर चले जाते हैं और कभी नहीं लौटते।

मैं घर लौटूँगा। मैं जानता था। क्या मैं घर लौटने के लिए ही घर से भागा था?

यह सही है कि दिल्ली के फ़्लैट में ऐसा पेड़ कहाँ— जिसके नीचे मैं बैठा हूँ? अलबत्ता लड़कपन में मेरे घर के आँगन में पेड़ था जिसे छोड़कर मैं बाहर भागता था। जिस घर से मैं अभी भागा था उसमें न पेड़ है, न घास और न खुला आसमान। मैंने चारों ओर देखा। पेड़ों के परे गोल चक्कर में लोग भाग रहे थे। ये वही लोग थे जो घर से भागे थे।

यह आख़िरी बार था।

अब मैं घर से नहीं भागूँगा। बाहर बासा पानी है। पेड़ के नीचे बैठे हुए एकाएक मुझे लगा कि पेड़ मेरे भीतर है और मैं उसके नीचे बैठा हूँ।

उसी क्षण सूर्य की कुछ किरणें पेड़ पर हवा में कौंधी थीं।

पहाड़ी की चोटी

बाज़ीचः-ए-अत्फ़ाल* है दुनिया मिरे आगे

ग़ालिब

जब मैं अलस्सुबह पहाड़ी पर चढ़ते हुए चोटी पर पहुँचा तो ऐसा लगा जैसे सूर्य दूसरी ओर से पहाड़ी पर चढ़ आया है। हम साथ-साथ चोटी पर पहुँचे। मैं हाँफ़ रहा था। सूर्य मुस्करा रहा था। उसकी मुस्कान चोटी पर बिखरी थी जैसे यह भी उसी का चेहरा हो।

धरती सूर्य का आईना थी।

मैंने मुँह मोड़कर घाटी में झाँका। घाटी में शहर फैला था। शहर की बहुमंज़िला, ऊँची इमारतें थीं और मकानों के झुंड थे जिनके बीच-बीच में पेड़ों की हरियाली थी। पेड़ों और मकानों के पीछे पहाड़ियों की तीन शृंखलाएँ थीं, जिनका धुँधला रंग नीला होता जाता था।

आसमान सहसा हँसा। शहर के ऊपर सूर्य की सतरंगी किरणें बिखर गयी थीं।

जिस पहाड़ी पर मैं खड़ा था, उसके नीचे सड़क पर लोग चल रहे थे— जो चोटी से खिलौनों से नजर आते थे। उनकी साइकिलें और गाड़ियाँ भी बच्चों की साइकिलें और गाड़ियाँ लगती थीं। ये वही लोग थे जो नीचे घाटी में शहर की ओर जा रहे थे या शहर से लौट रहे थे और शहर में पेड़ों की हरियाली के बीच मकानों में रहते थे। ये चारदीवारियों में पैदा होते थे, प्रेम करते थे और मर जाते थे। गोकि पूरी धरती उनकी थी।

अब मुझे ठीक से याद नहीं कि वह ख़तरनाक दौर मेरी ज़िन्दगी में कब शुरू हुआ जब चीज़ें अपने को दुहराने लगी थीं। इन दिनों वह चरम पर था। दुहराव नहीं। अलगाव! मैं कोई कोल्हू का बैल तो हूँ नहीं जो अनन्तकाल तक आँखों पर पट्टी बाँधे एक ही चक्कर में घूमता रहता। मैंने हताश पीछे का पगहा तोड़ लिया। इसीलिए मैं चोटी पर सूर्य के साथ खड़ा था।

चोटी पर ऐश्वर्य नहीं है।

यहाँ सूर्य के सिवा कोई नहीं है।

---

* बच्चों के खेल का मैदान।

कारोबार

वहाँ सिर्फ़ दो व्यक्तियों के लिए जगह थी। अस्थायी छाँव के नीचे दो इस तरह खड़े हो सकते थे जैसे लोकल के गलियारे में खड़े होते हैं— एक-दूसरे से सटे हुए।

मैं छाँव के बाहर खड़ा झिझक रहा था। छाँव के नीचे एक उम्र-दराज़ महिला खड़ी थी जिसके बाल सफ़ेद थे। बारिश तेज़ थी। मुम्बई की अचानक बारिश! जो समुद्र की रेत पर एक हादसे की तरह बरपा हुई थी। मैं रोज़ की तरह शाम को जुहू तट पर घूमने आया था और पानी के भँवर में फँस गया था। तेज़ हवा पानी के परदे रेत पर उड़ाती चली जा रही थी।

समुद्र पर मूसलाधार वर्षा थी— जो क्षितिज पर कोई धुन्ध रच रही थी। लहरें जल पर उछल रही थीं। प्रलय का आलम था।

फिर एकाएक समुद्र पर कुछ नहीं था। जैसे सब डूब चुका हो।

"आइए।" महिला ने कहा।

मेरे पैर ठमठमाए।

"आ जाइए न, भीग जाएँगे।" महिला ने आजिज़ी से कहा।

मैं छाँव के नीचे महिला के पास चला गया। तब मैंने ग़ौर से उसका चेहरा देखा। मैं भीतर काँपा। क्या वह जया थी?

"आपका... आपका नाम क्या है?" मेरे मुँह से निकला।

वह हँसी, "विजय, मैं जया हूँ।"

वह चेहरा ऊपर उठाये मेरी ओर देख रही थी। हम एक-दूसरे से सटे खड़े थे। पानी की बूँदें हमें घेरे थीं।

"तुम बिल्कुल नहीं बदले," वह बोली।

"तुम्हारे बालों का रंग बदल दूँ, तो तुम भी तीस साल पीछे लौट जाओगी," मैंने कहा, "अलबत्ता अब सफ़ेद बालों में ज़्यादा सुन्दर लगती हो।"

"इसीलिए छाँव में नहीं आ रहे थे।" वह मुस्करायी।

"मैंने तुम्हें पहचाना नहीं था।"

"मैंने पहचाना। इसीलिए बुलाया।"

फिर हम चुप हो गये जैसे तीस साल पीछे लौट गये हों। तीस साल पीछे हम पड़ोसी थे। हम कई बार साथ-साथ इसी सागर-तट पर घूमने आये थे। जया को नारियल का पानी बहुत अच्छा लगता था। हम दोनों लौटते हुए पानी पीते। फिर मैं सिगरेट पीता। एक बार जया ने सिगरेट मेरे मुँह से निकालकर रेत में फेंक दी थी। हम देर तक हँसते रहे थे।

"कितने बच्चे हैं?" जया ने पूछा।

"दो। लड़का यहाँ है। लड़की दिल्ली में। और तुम्हारे?"

"दो। यहाँ लड़की है। लड़का कोलकाता में।"

"सब बच्चे वाले?"

"हाँ।"

हम हँसे।

हम ख़ुश थे। हम एक-दूसरे से तीस साल बाद मिलकर ख़ुश थे जैसे तीस साल पहले बिछड़ने का कोई ग़म न हो। तब अचानक मैं नौकरी बदलकर कोलकाता चला गया था।

"विजय, एक बात पूछूँ?"

"पूछो।"

"तुमने कोलकाता से मुझे कोई पत्र क्यों नहीं लिखा था? न तुमने अपना पता दिया। क्यों?"

"क्योंकि..." मैं कुछ हकलाया।

बारिश का एक तिरछा दोंगरा हम पर बौछार छोड़ गया था।

"क्योंकि," मैंने फिर कहा, "मैंने तुम्हें अपने घर में मुकुल को चूमते देखा था जैसे तुमने मुझे चूमा था।"

वह हँसी।

"हँसी क्यों?" मैंने पूछा।

"तब मैं बिल्कुल अपनी देह से सोचती थी।"

समुद्र-तट सूना था। कोई आदमी नहीं था। हम केवल पानी से घिरे थे।

"जानते हो विजय," उसने एकाएक कहा, "मैंने मुकुल से शादी नहीं की।"

"क्यों?"

"उस पर मुझे भरोसा नहीं था।... तुम पर भरोसा था।"

मैं हँसा, "यह भरोसा क्या होता है?"

"इसमें देह के अलावा दिमाग़ का भी दखल होता है," वह बोली।

''दिमाग़ ने दखल दिया,'' मैंने कहा, ''इसलिए तो मैंने तुम्हें कोलकाता से लिखा नहीं।''

जया खिलखिलायी।

''क्यों हँस रही हो?''

''तुम्हारे न लिखने के पीछे दिमाग़ नहीं था।''

''फिर?''

''पूरी देह ही थी। तुम मुझे पूरा चाहते थे।''

''हाँ।''

''तुम मुझे पूरा हड़पना चाहते थे।'' वह हँसी।

मैं चुप था।

चारों ओर सन्नाटा था। सिर्फ़ पानी की रेत और समुद्र पर आवाज़ थी, जो सुनायी नहीं देती थी। कभी-कभी तेज़ हवाएँ हमें छूती हुई आगे निकल जातीं।

''क्या पूरा हड़पना चाहना ही प्रेम नहीं है?'' मैंने कहा।

''हाँ,'' वह बोली, ''पूरा प्रेम। परम प्रेम।''

फिर एक दोंगरा आया। हम भीग गये।

''लेकिन,'' जया फिर बोली, ''परम प्रेम... एब्सोल्यूट... ज़िन्दगी में नहीं होता। ज़िन्दगी में एब्सोल्यूट कुछ भी नहीं होता।''

वह साड़ी से अपना मुँह पोंछने लगी। मैंने पेंट की जेब से रूमाल निकाला।

''क्या तुम अब मन्दिर नहीं जातीं?''

वह हँसी, ''जाती हूँ। अपने को जगाने जाती हूँ। लेकिन मैं जानती हूँ कि ईश्वर भी बिल क्लिंटन नहीं है। उसकी सीमाएँ हैं।''

''लेकिन ईश्वर का इतना प्रचार-प्रसार?'' अब मेरे हँसने की बारी थी।

''वह धर्म का कारोबार है,'' उसने कहा, ''जैसे लैला-मजनूँ साहित्य का कारोबार।''

''पर मजनूँ पगला गया था?'' मैंने सवाल किया।

''फिर मर गया,'' वह हँसी, ''केवल मृत्यु ही परम...।'' वह वाक्य पूरा न कर सकी। मेरे होठ उसके होठों पर थे। हमें पानी की देह घेरे थी।

मेरे भीतर उतरती दीवारें

यह तीसरी बार था।

परदे पर फिर सूखी हड्डियाँ थीं, फूला हुआ पेट था और खूँखार भूखी आँखें थीं। टीवी के परदे पर यह एक बच्चे की तस्वीरें थीं, जो ललितपुर के पास किसी गाँव का था। गाँव में सूखा नहीं था। भुखमरी थी। अनाज था। पैसे नहीं थे। मैंने अपने हाथ का निवाला इस बार वापस थाली में नहीं रखा। पहली बार मैंने निवाला वापस थाली में रख दिया था और थाली वापस मेज़ पर रख दी थी और सोफे पर ख़ाली हाथ बैठा टीवी की ओर टकटकी बाँधे देखता रहा था। कुछ देर बाद मैंने हाथ धो लिए थे।

ललितपुर मेरा घर है। इसीलिए मैं स्तम्भित रह गया था और निवाला मेरे हाथ से छूट गया था। ललितपुर इलाका अपनी समृद्धि के लिए मशहूर रहा है। मेरे शहर में भुखमरी हो, यह मुझसे बर्दाश्त नहीं हुआ। मैंने कभी सुना नहीं था। अलबत्ता पच्चीस बरस से मैं मुम्बई में था। मुम्बई में मैं पहली बार अपने शहर की भुखमरी टीवी के परदे पर देख रहा था। ऐसी वीभत्स भुखमरी! परदे पर बच्चे के कंकाल की आँखें देखकर लगता था जैसे किसी बब्बर शेर की आँखें हों, जो बिना दाँतों के मुझे फाड़कर खा जाएँगी।

मैं सोफ़े पर पत्थर हो गया। मानो सोफ़े पर कोई पत्थर का बुत रखा हो।

दूसरी बार अगले दिन जब मैंने वही तस्वीर परदे पर देखी तो मुझे लगा कि मैं वह तस्वीर दूसरी बार शायद न देखता यदि वह ललितपुर के नाम की न होती। यद्यपि यह कुछ पर-पीड़न जैसा था। भूखी आँखों को रोटी दिखा-दिखाकर खाने को और क्या कहेंगे? मेरा हाथ फिर रुक गया। अपने शहर की भूख देखते हुए मैं रोटी नहीं खा सकता था। इसीलिए लोग शहर की सड़कों पर चलते हुए दोनों ओर भूख को नहीं देखते। मैं भी सड़क पर सीधी आँखें किए चलता था। यही मुम्बई के आदमी की चाल थी।

मुम्बई का आदमी सड़क पर सीधा चलता हुआ अपने घर की चहारदीवारी में

घुस जाता था। चहारदीवारी में सुरक्षा थी। सुरक्षा की दीवारें थीं। यदि दुनिया बे-दरोदीवार हो जाए तो बड़ी मुश्किल हो। धरती पर सारे लोग एक-दूसरे को देखते रहें! यह सम्भव न हो कि अपनी चहारदीवारी में बैठे हैं और अपनी रोटी खा रहे हैं। जब दीवारें टूट जाएँगी, तो धरती पर सब रोटी खाएँगे या सब रोटी नहीं खाएँगे।

टीवी ने दीवारें तोड़ीं। मेरा ललितपुर मेरे घर में आ गया था।

मगर देखिये, टीवी पर तीसरी बार अपने शहर की भूख देखते हुए मैं अपनी रोटी खाने लगा! मुझे लगा जैसे दीवारें मेरे भीतर उतर रही हैं।

मैं भूखा नहीं रह सकता था।

असल में, मेरे भीतर दीवारें पच्चीस बरस पहले ही उग आयी थीं जब मैं मुम्बई में आया और मैंने पुलों के नीचे और सड़क या समुद्र के किनारे भूख के बे-दरोदीवार घर देखे। पहले कुछ झटकों के बाद मेरा यह आन्तरिक विकास अपने-आप हो गया। मुझे पता ही नहीं चला। यह ज़रूरी था। वरना मैं न चैन से रोटी खा पाता, न सो पाता। भला कोई भूखे, रोते बच्चे की तस्वीर आँखों में लिए रोटी कैसे खा सकता है? आहिस्ता-आहिस्ता ऐसे दृश्य मेरे लिए मुम्बई की दृश्यावली में शामिल हो गये जैसे भूखे बच्चों और ऊँची इमारतों के चेहरों में कोई फ़र्क़ न हो। टीवी ने इसी दृश्यावली में ललितपुर को भी शामिल कर दिया।

अब मेरे लिए ललितपुर और मुम्बई में कोई फ़र्क़ नहीं था। भूमंडलीकरण हो गया था। समूची धरती मेरा घर थी। या मेरा कोई घर नहीं था!

तेनज़िंग

मेरे परदादा लँगड़े थे।

नहीं, वे जनम से लँगड़े नहीं थे। 1857 की लड़ाई में (जो मेरे शहर झाँसी में 1858 में लड़ी गयी थी) अँग्रेज़ी गोली उनकी टाँग में लगी थी, जिसे ज़हर फैलने के कारण काट दिया गया था। कटी टाँग लिये वे शहर-भर में घूमते थे और लोगों से कहते, ''मेरी दोनों टाँगें अँग्रेज़ों को न रोक सकीं, मैं एक टाँग से एक दिन कैमासन की टौरिया पर चढ़ जाऊँगा।''

यह असम्भव था।

लोग जानते थे। कुछ लोग उनसे कह भी देते। तब वे हँसते और कहते, ''यदि मुट्ठी-भर अँग्रेज़ यह महादेश जीत सकते हैं, तो मैं एक टाँग से कैमासन की टौरिया पर क्यों नहीं चढ़ सकता?'' वे यह भी जोड़ते कि अब मेरे जीवन का यही उद्देश्य है। मैं इसीलिए ज़िन्दा हूँ। यही मेरा सपना है।

इस सपने पर लोग हँसते। लेग कहते कि सपना ही देखना है तो बहिश्त का देखो, किसी हूर का देखो और देश-भक्ति का ज्वार न उतरा हो, तो अँग्रेज़ों को भगाने का सपना देखो। भला, कैमासन की टौरिया पर चढ़ने का सपना भी कोई सपना है। फिर दो टाँग से चढ़ो या एक टाँग से, टौरिया को क्या फ़र्क़ पड़ता है!

कैमासन की टौरिया हिमालय नहीं थी।

लोग रोज़ टौरिया पर चढ़ जाते थे। ''मगर एक टाँग से अभी तक कोई नहीं चढ़ा,'' जब परदादा यह कहते, तो लोग चुप रह जाते। उनके पास कोई जवाब नहीं था। एक टाँग से कैमासन पर चढ़ना चमत्कार था। मेरे परदादा जब तक जिये, चमत्कार के लिए जिये। जब चमत्कार पूरा हो गया, उन्होंने अन्तिम साँस ले ली।

शहर में यही किंवदन्ती है कि एक सुबह वे घर लौटे और अपनी पत्नी से बोले कि मैं कैमासन की चोटी से आ रहा हूँ। मेरा काम पूरा हुआ। चारपाई लगा दो। कुछ देर बाद उनका शव चारपाई से उठाकर धरती पर रखा गया। यह इच्छा-मृत्यु थी। भीष्म पितामह की तरह। पहले पड़ोस के लोग खड़े हुए। फिर शहर के लोग जमा हो गये थे।

शव-यात्रा धूमधाम से निकली थी जैसे एक विजेता का महाप्रयाण हो।

शहर में दुष्ट और ईर्ष्यालु लोग भी थे। किसी ने कहा कि क्या किसी ने उन्हें कैमासन पर चढ़ते या कैमासन से उतरते देखा? कोई बोला कि उसी सुबह उसने उन्हें भाजीबारी नरिया पर देखा था। किसी और ने कहा कि उस सुबह उन्होंने कैमासन पर चढ़ने का सपना देखा था, जिसे उन्होंने सच माना। यह भी जोड़ा गया कि यह सपना उनके दोनों टाँगों के दिनों के यथार्थ पर आधारित था।

जितने मुँह उतनी बातें।

मैं परदादा से पूछ नहीं सकता। मेरे लिए शहर का यह मिथक काफ़ी है कि मेरे परदादा एक पैर से कैमासन पर चढ़ गये थे। ऊपर जाऊँगा तो पूछूँगा कि यह सचमुच सपना था या एक टाँग का यथार्थ? यह भी पूछूँगा कि क्या यह टेक एक हारे सैनिक का प्रतिकार थी? या यह महज एक सुनियोजित स्वप्न था जिसके सहारे वे जिये?

या शायद मैं कुछ भी न पूछूँ। क्योंकि सबसे बड़ा सच शहर में पीढ़ी-दर-पीढ़ी चली आती यह किंवदन्ती है कि मेरे परदादा एक टाँग से कैमासन पर चढ़ गये थे जैसे बाद में तेनज़िंग एवरेस्ट पर चढ़ा।

नकोटन

मैं नाक का नकोटन निकालते हुए चौराहे पर पहुँचा। यह नकोटन भी अजीब चीज़ है। यदि यह फँसा है तो आपको इतना बेचैन कर देगा कि आपकी उँगली अपने-आप नाक के अन्दर पहुँच जाएगी और आपको पता भी न चलेगा। जब पता चले तो शायद आप अपने को सभ्य साबित करने की कोशिश में उँगली बाहर निकालें। मुझे ऐसी कोई मजबूरी नहीं थी। मैं सड़क के किनारे अकेला चला जा रहा था।

चौराहा व्यस्त था। दोनों ओर वाहन तेज़ दौड़ रहे थे। थोड़ी देर बाद मैं एक सड़क पार कर गया और चौराहे पर सिपाही के पास ठमठमाकर खड़ा हो गया क्योंकि दूसरी सड़क पर वाहन तेज़ी से दौड़ रहे थे... लगातार। सिपाही ने मुँह मोड़कर मेरा सफ़ेद बालों से घिरा चेहरा देखा और गाड़ियों को रोकने के लिए हाथ ऊपर उठा दिया। जब ट्रैफिक रुक गया तो मैंने सम्राट की तरह सड़क पार की।

सड़क पार करके पार्क में घुसते हुए मुझे यह सोचकर हँसी आयी कि सिपाही ने मेरे सफ़ेद बाल देखकर इसलिए ट्रैफिक रोका था ताकि कोई हादसा न हो। उसे लाश को घर या अस्पताल भेजना पड़ता। मैं कौन-सा पता बताता? यह भी सम्भव है कि मैं अचेत होता और इस ज़िम्मेदारी से बच जाता। मगर अभी सामने दूर-दूर तक हरी, समतल घास फैली थी, जिस पर धूप चमक रही थी और बीच-बीच में घास पर चँदोवा-सा बनाते कुछ पेड़ थे। पार्क में लोग बहुत कम थे। कुछ और आगे बढ़कर मुझे पेड़ों की ओट में दो-तीन जोड़े ज़रूर नज़र आये। आज ग़ज़ब की ठंड थी।

शहर का तापमान शून्य पहले कभी नहीं हुआ था।

अख़बार में ख़बर थी कि ऊपर पहाड़ों से बर्फ़ीली हवाएँ नीचे उतरकर मैदानों में छा गयी हैं। मैदान ठिठुर रहे थे। धास पर धूप में कुछ जोड़े एक-दूसरे की ओर सरकते लगते। मुझे यह सोचना अच्छा लगा। मैं पत्थर के रास्ते पर चल रहा था जिसके दोनों ओर घास थी और कुछ पेड़ों की छाया थी। मैं ठंडा घर पीछे छोड़कर बाहर धूप में नकोटन निकालने की चेष्टा करता हुआ निकल आया था। मैं अभी मुक्त

नहीं था। मेरी उँगली फिर नाक में थी। जब सामने से एक अधेड़ महिला आती दिखी तो मैंने उँगली बाहर निकाल ली।

आहिस्ता-आहिस्ता ठंडे घर से बाहर खुले पार्क में आना एक वरदान की तरह लगने लगा। यह अहसास भीतर उसी तरह फैला जैसे बाहर धूप फैली थी। बाहर फैली धूप घास, पेड़ों और जोड़ों को जगा रही थी। मुझे ख़ुशी हुई जब मैंने एक पेड़ की डाल से दो चिड़ियों को एक-साथ पंख से पंख मिलाकर उड़ते देखा। एकाएक मुझे अपने भीतर कोई छोटी-सी चिड़िया पंख फड़फड़ाती हुई महसूस हुई। यह भी लगा कि ठंड से नीला पड़ा आसमान भी मेरे भीतर है। उस पर धूप छा गयी थी।

मैं बत्तखों के बारे में सोचते हुए घास की ओर देख रहा था जो दूर-दूर तक फैली थी। घास की पत्तियाँ हौले-से धूप में हिलीं। फिर लगा जैसे धूप में कोई जुम्बिश हुई हो। उसी के नीचे बबूल के पेड़ के अन्दर अँधेरा था। तभी मुझे भीतर कोई छोटा-सा दर्द महसूस हुआ— मैं क्या हूँ? मैं क्यों हूँ? इस छोटी-सी लहर के साथ ही मुझे अपनी जवानी का आईना याद आया, जिसमें मैं कभी-कभी रात को पीकर अपना चेहरा देखता था और यही सवाल पूछता था। मेरी कातर चीख़ कमरे में गूँजने लगती। कुछ देर गूँजती रहती। फिर मुँह धोते हुए मेरी आँखों से आँसू बहने लगते।

क्या ये सवाल अभी भी उतने ही ठोस थे?

मैंने फिर सामने आँखें फाड़कर देखा। धूप और घास का वही समीकरण था, जिस पर सख़्त आसमान छाया था। तभी रास्ते पर एक आदमी साइकिल चलाता निकला जिसके पीछे घास की टोकरी थी। उसका चेहरा मैंने हाल ही में कहीं देखा था। कहाँ? मुझे सहसा याद आया कि यही चेहरा मैंने कल ऑटो में हज़रतगंज जाते हुए सड़क पर देखा था जब उसने ऑटो चलाते हुए बायीं ओर देखा और कहा, "हुँह, यह बाग़ किसलिए? करोड़ों की बर्बादी!" मैं सन्न रह गया था। साइकिल पर पार्क की घास ढोता आदमी ऑटोवाले का भाई भी हो सकता था। क्या उसके लिए पार्क एक कारख़ाना था? मुझे फिर छोटा-सा दर्द महसूस हुआ।

मैंने आज सुबह अपना अन्तिम उपन्यास ख़त्म किया था। यह वही उपन्यास था जिसे लिखे बिना मैं मरना नहीं चाहता था। यह इत्तफ़ाक़ ही था कि आज ही शहर का तापमान शून्य हुआ और मैं ठंडे घर से निकलकर बाहर चौराहा पार करके नाक से नकोटन निकालता हुआ पार्क की धूप में दाख़िल हुआ। इधर मैं अपनी जवानी के आईने के बारे में सोच रहा था, उधर मेरे बायें हाथ की तर्जनी फिर मेरी नाक में घुस गयी थी।

शायद आईने के बारे में सोचते हुए मैंने नाक को ज़्यादा कुरेद दिया था। जैसे

ही मैंने उँगली बाहर निकाली, मैंने देखा कि उँगली ख़ून से सनी थी। उँगली के बाहर आते ही नाक से ख़ून बहने लगा। मैं रूमाल नाक पर रखे प्रसाधन की ओर बढ़ा। नल का पानी बर्फ़-सा ठंडा था। बेसिन में ख़ून और मेरे सफ़ेद बाल देखकर अचानक एक युवक मेरे बग़ल में खड़ा हो गया। मैं उसकी ओर देखकर मुस्कराया। वह नहीं मुस्कराया। वह मेरे चेहरे पर ख़ून देख रहा था।

"क्या हुआ?" उसने व्यग्रता से पूछा।

"नाक फूट गयी," मैंने मुस्कराते हुए कहा।

"नाक तो गर्मी में फूटती है," उसने बुज़ुर्ग की तरह कहा, "आज तो शून्य तापमान है।"

"शून्य तापमान में भी फूट जाती है," मैं हँसा।

मैं बेसिन के ऊपर लगे आईने के सामने सीधा खड़ा था। ख़ून बन्द हो गया था। मैं अपना चेहरा पोंछ रहा था। आईने में कोई और नहीं था। वह युवक भी नहीं था जो अभी मुझसे बहस कर रहा था। क्या वह आईने से ही आया था? मैंने उसका चेहरा याद करने की कोशिश की। ऐसा लगा जैसे मैंने उसे अपनी जवानी के आईने में देखा था।

कीड़ा रेशम बुनता है

साहित्य अकादमी के इतिहास में ऐसा कभी नहीं हुआ था। उस सुबह दिल्ली के साहित्य जगत में यही चर्चा थी। फ़ोन टनटना रहे थे। लेखक और पत्रकार फ़ोन पर बात करते हुए तरह-तरह की मुद्राएँ बनाते, "अरे, तुमने 'जनसत्ता' में ख़बर देखी?" "हाँ, यार ग़ज़ब हो गया।" ख़बर में सनसनी, विस्मय, आह्लाद और परपीड़न के सभी तत्त्व पाए गये।

ख़बर अख़बार के प्रथम पृष्ठ पर नीचे दाहिने कोने में छपी थी। किसी की उस पर नज़र न पड़े, यह सम्भव नहीं था। कोई भी साहित्यिक या पाठक शीर्षक से ही चौंकता : अखिलश्वर जीवित! अखिलेश्वर हिन्दी कविता की वरिष्ठतम पीढ़ी का समादृत नाम था, जिनका पिछले वर्ष देहान्त हो चुका था और जिन्हें इसी वर्ष उनके अन्तिम कविता-संग्रह पर मरणोपरान्त अकादमी पुरस्कार दिया गया था। असल में अखिलेश्वर के दो संग्रह ही छपे थे— पहला जब वे पैंतीस वर्ष के थे; और दूसरा, जब वे पिछले वर्ष पचहत्तर वर्ष के हुए। इसलिए अकादमी मरणोपरान्त ही सही, उन्हें सम्मानित कर गौरवान्वित थी।

पिछले वर्ष 'जनसत्ता' के प्रथम पृष्ठ पर नीचे दाहिने कोने में ही अखिलेश्वर के निधन की ख़बर छपी थी। फिर दो माह बाद उनका अन्तिम संग्रह 'कीड़ा रेशम बुनता है' छपा, जिसे इस वर्ष अकादमी पुरस्कार मिला। दिल्ली के जिस उद्यमी प्रकाशक ने यह संग्रह छापा, उसका कहना था कि उसे यह पांडुलिपि झाँसी में अखिलेश्वर के निवास से उनके काग़ज़ों में मिली। पुस्तक छपते ही साहित्य जगत में शोर मचा, जिसका परिणाम अकादमी पुरस्कार था।

अखिलेश्वर के जीवित होने की ख़बर एक संवाददाता के हवाले से छपी थी जो झाँसी जनपद में विधानसभा के चुनाव कवर करने गया था। उसने कोछा भाँवर की हाट में अखिलेश्वर को मेथी और मूली ख़रीदते देखा था। जब उसने उनसे पूछा, "क्या आप अखिलेश्वर हैं?" तो वे हँसे और बोले, "अखिलेश्वर मर गया।" फिर वे मेथी और मूली लेकर आगे बढ़ गये। सबसे आगे मेथी-मूली, फिर

अखिलेश्वर, उनके पीछे संवाददाता। यह जुलूस कुछ देर चला। असल में संवाददाता जिसका नाम राजेश था, स्वयं कवि था। चूँकि कविता से रोटी नहीं चलती, इसलिए वह पत्रकार बन गया था। वह अखिलेश्वर की कविता का मुरीद था। उसकी नज़र में दिल्ली से दूर आज की कविता का कोई सच्चा स्वर था, तो वह अखिलेश्वर था— जिसे उम्र झुठला नहीं सकी थी। वह अखिलेश्वर की आँखों और श्वेत-धवल दाढ़ी से आश्वस्त हो गया था कि वे अखिलेश्वर ही हैं। जब वह उनके पीछे चल रहा था तो उनकी कविता-पंक्तियाँ उसके ज़ेहन में गूँज रही थीं।

तन्द्रा टूटी।

एकाएक अखिलेश्वर एक झोपड़ी के आगे रुके थे और उन्होंने पीछे मुड़कर देखा। वे डपटकर बोले, "न मैं लड़की हूँ, न सेठ। तुम उचक्के की तरह मेरा पीछा क्यों कर रहे हो?"

"आप कवि हैं। मैं जानता हूँ।" वह मुस्कराया।

वह नर्वस था।

अखिलेश्वर की आँखों में आग की लपटें थीं, जो उनकी सफ़ेद दाढ़ी को झुलसाती हुई लगती थीं।

"कैसे जानते हो?" वे भड़के।

"यह नहीं जानता।" उसने हथियार डाल दिए।

उन्होंने झोपड़ी का दरवाज़ा खोला। फिर उन्होंने अपने पीछे लगे लड़के से कहा, "अन्दर आओ।"

राजेश की आँखें झोपड़ी में चारों ओर दौड़ने लगीं। एक ओर एक चारपाई थी। दूसरी ओर एक चूल्हा था। बीच में एक चटाई बिछी थी। उसने दीवारों से छप्पर तक ढूँढ़ा। न कहीं कोई किताब थी, न काग़ज़। जब उसकी आँखें फिर अखिलेश्वर के चेहरे पर लौटीं, तो वे हँस रहे थे। उन्होंने दोहराया, "अखिलेश्वर मर गया।"

"क्यों," राजेश के मुँह से निकला।

"जब कीड़ा रेशम नहीं बुनता, तो मर जाता है।"

मौन। सृष्टि में सन्नाटा था।

"क्यों नहीं बुनता कीड़ा रेशम?" राजेश ने एकाएक आजिज़ी से पूछा।

"क्यों..." अखिलेश्वर हताश बोले। "क्यों बुनता है कीड़ा रेशम?"

राजेश चुप था।

"बोलो," अखिलेश्वर चीख़े।

इसके आगे राजेश को कुछ याद नहीं रहा। उसे यह भी याद नहीं रहा कि वह स्वयं झोपड़ी से बाहर निकल आया था या अखिलेश्वर ने ही उसे डाँटकर बाहर निकाल दिया था। उसने दिल्ली में अपने दोस्तों से यह ज़रूर कहा कि उस झोपड़ी

में मैंने कविता के बारे में जो जाना, वह उसके पहले बिल्कुल नहीं जानता था।

साहित्य अकादमी का एक दल राजेश के साथ भूल-सुधार के लिए कोछा भाँवर पहुँचा। राजेश बस्ती के बाहर उस झोपड़ी के सामने खड़ा हो गया, जो वहाँ नहीं थी। उस ऋषि का भी कोई पता नहीं चला, जो उस झोपड़ी में रहता था। बस्ती अनजान थी। झाँसी की कचहरी में जब अखिलेश्वर के वकील पुत्र से भेंट हुई, तो उसने बताया कि दद्दा ने ही अपनी मृत्यु की ख़बर का प्रतिवाद करने से उसे मना कर दिया था और शहर छोड़कर कोछा भाँवर चले गये थे। जब उसे बताया गया कि वे कोछा भाँवर में भी नहीं हैं, तो वह अपना स्कूटर लेकर कोछा भाँवर की ओर भागा।

राजेश की ख्यति एक पत्रकार से ज़्यादा एक कवि की थी। एक कवि दूसरे कवि को खोजने चला! यह जुमला दिल्ली में कुछ दिनों लोगों ने हँस-हँसकर इस तरह दोहराया जैसे कह रहे हों : एक चोर दूसरे चोर को ढूँढ़ने चला। लोग यह कहने से भी नहीं चूके कि क्या राजेश सचमुच अखिलेश्वर से मिले थे? यह प्रश्न राजेश से जब तीसरी बार पूछा गया तो उसके मन में भी सन्देह पैदा हुआ, जिस तरह भेंट के अन्त पर उसे शुरू से शक था, क्या समूची भेंट ही उसकी स्वैर कल्पना थी?

मुक्ति का अन्तराल

जीवत समझे जीवत बूझे जीवत मुक्ति निवासा

कबीर

रामकृष्ण जी हमारे शहर के वरिष्ठतम कलाकार थे। वे उस उम्र में पहुँच गये थे जब लोग पचहत्तरवीं वर्षगाँठ मनाने को कुलबुलाने लगते हैं। उनकी ख्याति अखिल भारतीय थी। इसलिए अमृतोत्सव भी अखिल भारतीय हो गया था। आयोजकों ने अपने नाम से देशभर में निमन्त्रण-पत्र भेजे थे। रामकृष्ण जी पूरे तीन घंटे मंच पर नहीं बैठ सके। बीच में पीठ के दर्द की वजह से उठकर वे एक कमरे में जाकर लेट गये थे। जब अन्त में उन्हें मंच पर लाने के लिए सहारा देने की पेशकश हुई, तो उन्होंने मेरे दोनों हाथ झटक दिये। हॉल में तालियों की गड़गड़ाहट के बीच उनकी आँखों में आँसू नज़र आये। लोगों ने कहा, ये ख़ुशी के आँसू हैं। ये दर्द के आँसू थे, मैं जानता था।

अमृतोत्सव के बाद रात में जब रामकृष्ण जी अकेले रह गये तो मैंने उनसे हॉल के आँसुओं के बारे में पूछा। उन्होंने मेरी ओर ऐसे देखा जैसे मैं किसी और के आँसुओं के बारे में पूछ रहा हूँ। फिर वे थोड़ी देर बाद कमरे की छत की ओर देखते हुए बोले—

"कल मेरे लिए कमरे की दीवार के आकार का कैनवस ले आना।"

मैं चौंका। उन्होंने पहले कभी इतना विराट चित्र नहीं बनाया था। अलबत्ता पिकासो के विराट चित्रों के बारे में मैं जानता था। क्या इस बुढ़ौती में रामकृष्ण के पाये का कलाकार दूसरे कलाकार की नकल कर रहा था— चाहे वह पिकासो ही क्यों न हो? बहरहाल, मैं उनसे क्या पूछता और वे क्या जवाब देते! मैं अगले दिन दीवार के आकार का कैनवस ले आया और उसे उनके कमरे की दीवार पर जड़ दिया। पता ही नहीं चलता था कि दीवार कैनवस हो गयी है या कैनवस दीवार हो गया है। यह देखकर रामकृष्ण ख़ूब हँसे।

अगले दिन उन्होंने ब्रश हाथ में लिया और बोले, "मैं ऊपर से शुरू करूँगा।

दीवार के बीच में मचान बनवा दो।'' जब मैंने उनकी पीठ के दर्द का ज़िक्र किया, तो उन्होंने फिर मेरी ओर ऐसे देखा जैसे किसी और की पीठ की बात हो। दोपहर में मचान लग जाने पर वे उस पर ऐसे चढ़े कि मैं देखता ही रह गया— उनका ब्रश कैनवस पर चलने लगा था और रंग फैल रहे थे।

जिस तरह दीवार कैनवस हो गयी थी, रामकृष्ण जी अपना ही ब्रश हो गये। जब वे दीवार के सामने खड़े हुए ब्रश चलाते तो ऐसा लगता जैसे ब्रश भी उनका ही हाथ है या वे स्वयं अपने ब्रश की डंडी। कुछ देर देखते रहने पर वे स्वयं चित्र का अंग हो जाते। रंगों का एक विराट खेल था जिसमें चित्रकार स्वयं एक रंग था।

मैं देखता रहता जैसे कोई पहाड़ की चोटी पर सूर्योदय देखता है और स्वयं सूर्य की किरण हो जाता है।

जब मैंने रात में रामकृष्णजी से उनके और चित्र के एक हो जाने का जिक्र किया तो वे हँसने लगे। जब उनकी हँसी रुकी, तो वे बोले—

''यही मोक्ष है!''

मैं विस्मित था।

''मोक्ष?'' मेरे मुँह से सवाल की आवाज़ आयी।

''हाँ,'' रामकृष्ण जी गुनगुनाये।

''मगर...''

''मगर क्या?''

''मगर मोक्ष के बाद तो कुछ नहीं होता।''

''ऐसा कहते हैं,'' रामकृष्ण जी मुस्करा रहे थे, ''असल में मोक्ष जीवन में ही सम्भव है। जीवन के बाद सिर्फ़ मृत्यु है।''

''मृत्यु?'' मैंने फिर सवाल किया।

''हाँ, जैसे हाथी या हिरन मरता है, उसी तरह आदमी मरता है। अकेला, सन्तप्त, बौखलाया हुआ।''

''कोई फ़र्क़ नहीं?''

''नहीं,'' वे हँसे। इस बार ठठाकर।

यह संयोग ही था कि जब उनकी पीठ का दर्द कुछ ज़्यादा बढ़ा, वे चित्र पर मचान का काम ख़त्म कर चुके थे। यह भी सम्भव है कि बढ़ता दर्द उन्हें तभी महसूस हुआ हो। अब वे दीवार के सामने खड़े-खड़े या बैठकर चित्र बनाते थे। जब एक सुबह मैंने उन्हें कैनवस के बगल में लेटे हुए देखा, तो मेरा माथा ठनका। उनके हाथ में ब्रश था और आँखें और ब्रश चित्र पर थे।

दोपहर में जब हम खाने पर बैठे तो मैंने पूछा—

''डॉक्टर वर्मा को यहीं बुलाऊँ या शाम को क्लिनिक पर चलेंगे?''

"क्यों?"

"आपका दर्द और बढ़ गया है।"

"तुम्हें कैसे मालूम?"

"आप चित्र के क़दमों में लेटे थे।"

"अब लेटने का ही काम बाक़ी बचा है," वे हँसे।

"क्या सचमुच दर्द बढ़ा नहीं?"

"बढ़ा है," वे बोले, "लेकिन अब जो काम बचा है, वह लेटकर पूरा हो सकता है।"

"बैठकर काम करते हुए दर्द नहीं हुआ?"

"पता नहीं चला।"

मेरी आँखें चित्र की ओर थीं, जो दीवार पर भव्यता और तकलीफ़ में मुस्करा रहा था।

"आप कुछ दिनों आराम क्यों नहीं कर लेते?" मैंने कहा।

वे हँसे, "तब अन्तराल भटक जाएगा।"

"क्यों?"

"असल में बात ये है, रवीन्द्र," वे अचानक रुक गये जैसे उनका गला रुँध गया हो।

"क्या बात है?"

"मैं मुक्ति के अन्तराल में मरना चाहता हूँ," उनका स्वर पारे की तरह साफ़ और चमकीला था।

"मतलब?"

"जब मेरे हाथ में ब्रश हो!"

मुझे लगा मैंने उनकी आँखों में ऐसी चमक पहले कभी नहीं देखी थी। यह मेरा भ्रम हो सकता था। यह चमक खिड़की से आती धूप की वजह से भी हो सकती थी।

दरवाज़े

"दरवाज़ा ढूँढ़ रहा हूँ।"

वे मुस्कराकर कहते यदि कोई उनसे पूछता, कैसे हैं? कुछ दिन से कुंजबिहारी लाल यही जवाब देते, फिर मुस्कराते रहते। प्रश्नकर्ता उनका उत्फुल्ल चेहरा देखता और मुस्कराने लगता जैसे उसे अपने सवाल का जवाब मिल गया हो। जब वह किसी दूसरे से मिलता तो ज़रूर कहता—

"कुंजबिहारी लाल जी को कुछ हो गया है।"

"क्या?"

"उनका कोई दरवाज़ा खो गया है।"

फिर दोनों हँसते। आहिस्ता-आहिस्ता लापता दरवाज़े की ख़बर शहर-भर में फैल गयी। शहर कुंजबिहारी लाल को बहुत मानता था। पिछले माह बेग़म हज़रतमहल पार्क में उनका पचहत्तरवाँ जन्मदिन मनाया गया था। बुज़ुर्गों ने कहा कि ऐसी भीड़ पिछली बार जवाहरलाल नेहरू की सभा में हुई थी। शहर कुंजबिहारी लाल को इतना चाहता था कि पिछली बार जब हरिप्रसाद चौरसिया का बाँसुरी-वादन हुआ तो हॉल में केवल ग्यारह लोग थे— जो आयोजक थे। शहर चौरसिया को कुंजबिहारी से छोटा कलाकार मानता था। यह प्रचार का ज़माना था। कुंजबिहारी अपना शहर छोड़ते न थे। मगर वे उस शाम हॉल में चौरसिया के बारहवें श्रोता थे। अगले दिन जब लोगों ने पूछा तो उन्होंने कहा—

"बाँसुरी कोई भेद नहीं करती।"

अपने पचहत्तरवें जन्मदिन पर खचाखच भरे बेग़म हज़रतमहल पार्क में कुंजबिहारी लाल ने आख़िरी बार बाँसुरी बजायी थी। यह किंवदन्ती है कि वे उस शाम एक राग के बाद दूसरा राग बजा रहे थे और थमना भूल गये थे जब अचानक बाँसुरी का स्वर काँपा और उनका गला सूखने लगा। ऐसा उन्होंने पहले कभी महसूस नहीं किया था। जब बाँसुरी की आवाज़ बुझी तो पार्क में बैठे लोग खड़े हो गये और तालियाँ बजाने लगे। तालियाँ तब तक बजीं जब तक कुंजबिहारी लाल पार्क में रहे। जब वे हनुमान सेतु पर घर वापस जा रहे थे नीचे गोमती में तालियाँ

गूँज रही थीं।

फिर शहर ने कुंजबिहारी लाल की बाँसुरी की आवाज़ नहीं सुनी। किसी आयोजन में बजाने को वे राजी न हुए। जब कोई उनसे घर पर मिलने जाता तो उनके हाथ में बाँसुरी होती, मगर बाँसुरी में आवाज़ न होती। कुछ लोगों का कहना था कि वे आगन्तुक को देखकर चुप हो जाते हैं। पूछने पर कहते—

"दरवाज़ा ढूँढ़ रहा हूँ।"

जब पिछली बार मेरे पूछने पर उन्होंने यही कहा तो मुझे लगा कि उनकी आवाज़ कुछ तरल है। मैंने उनका चेहरा ग़ौर से देखा— श्वेत-धवल दाढ़ी के ऊपर बायीं आँख में कोई कण चमक रहा था। मेरी आँखों में ज़रूर कोई सवाल रहा होगा क्योंकि वे हँसे और बोले—

"यह ख़ुशी की चमक है।"

उनका हँसना बारिश में धूप की तरह था।

फिर मैंने देखा कि उन्होंने हैरानी से चारों ओर कमरे की दीवारों को देखा। वे उस दरवाज़े की ओर नहीं देख रहे थे जिससे मैं कमरे में दाखिल हुआ था। वे चारों ओर दीवारों में दरवाज़ा ढूँढ़ रहे थे। मुझे ताज्जुब हुआ जब वे एकाएक उठे और एक दीवार की ओर बढ़े जहाँ दरवाज़ा नहीं था। इससे पहले कि उनका माथा टकराता मैंने उन्हें पकड़ लिया। मेरे आश्चर्य का कोई ठिकाना नहीं था क्योंकि उनकी आँखें कमज़ोर नहीं थीं। न कमरे में अँधेरा था। हालाँकि भरी रात का वक़्त था, लेकिन कमरे में उजाला था।

उसी रात कुंजबिहारी लाल शहर छोड़कर चले गये।

सुबह जब उनका कमरा खुला तो पाया गया कि वे तख़्त पर लेटे नहीं थे। कुंजबिहारी लाल तख़्त पर बैठे थे और उनके हाथ में बाँसुरी थी। उनकी आँखें बन्द थीं। कोई आवाज़ नहीं थी। लगा कि वे सो रहे हैं। जब उन्हें हिलाया तो ख़ाली घड़े की तरह वे तख़्त पर लुढ़क गये।

उन्हें तख़्त पर फिर बिठा दिया गया। उसी मुद्रा में उनकी शहर में अन्तिम यात्रा हुई। शहर उमड़ पड़ा। सड़कों पर जगह-जगह दरवाज़े बनाये गये। शहनाइयाँ बजीं।

शहर में इतने दरवाज़े कभी नहीं बने थे।

पेड़ों के बीच रास्ता

नवम्बर की ढलती दोपहर थी। ख़ुशनुमा धूप चमकीले आसमान में फैली थी। सड़क पर उसकी छाया थी। धूप सड़क पर सायों में बँटी थी। मैं सड़क पार करके यूकिलिप्टस के पेड़ों की ओर जा रहा था।

श्रीमती वर्मा ने बताया कि प्रोफ़ेसर हो-न-हो यूकिलिप्टस के पेड़ों की ओर ही निकल गये होंगे। इस मौसम में इस समय कभी-कभी कॉफ़ी पीकर वे उसी तरफ़ निकल जाते हैं, श्रीमती वर्मा ने कहा था। सड़क से देखने पर यूकिलिप्टस के पेड़ दो क़तारों में खड़े नज़र आते थे, जिनके बीच शायद कोई सड़क थी जो नज़र नहीं आती थी। मुख्य सड़क से गुज़रते हुए मुझे ऊपर पहाड़ों के कुछ रास्ते याद आते थे, जिनके दोनों और यूकिलिप्टस के पेड़ थे। आज मैं अपने शहर की यूकिलिप्टस की सड़क देखूँगा, मैंने उसी ओर चलते हुए सोचा।

मुझे ताज्जुब हुआ। यूकिलिप्टस के पेड़ों की ओर कोई रास्ता नहीं था। ऊँची-ऊँची घास थी। मैं बगल की सड़क पर और आगे बढ़ा। एक पगडंडी घास में उतरती नज़र आयी। मैं पगडंडी पर उतर गया। पगडंडी टेढ़ी-मेढ़ी आकाश में छाये यूकिलिप्टस के पेड़ों की ओर जा रही थी। पत्तियों के पीछे आसमान ऐसे चमक रहा था जैसे हमारे शहर में बर्फ़ की चोटियाँ उतर आयी हों।

धरती पर घास मेरी कमर और कन्धों के बीच कहीं थीं। उसी घास के बीच पगडंडी थी जिस पर मैं चल रहा था। मेरे कन्धे और सिर घास के ऊपर चल रहे थे। जब मैं पहले यूकिलिप्टस के पेड़ के पास पहुँचा तो पेड़ की तरह खड़ा रह गया। यूकिलिप्टस की दोनों कतारों के बीच घास थी। कोई रास्ता नहीं था। फिर पेड़ों का कतारों में होने का क्या मतलब था? मैं हैरान था। मैंने हड़बड़ाकर चारों ओर हिलती घास पर नज़र दौड़ाई, दूर दो पेड़ों के बीच कोई खड़ा था— वह हिलती घास पर ख़ुद भी घास की तरह हिल रहा था। सफ़ेद दाढ़ी और काली पी-कैप से मैंने प्रोफ़ेसर वर्मा को पहचाना। मैं सन्न रह गया।

वे रो रहे थे।

प्रोफ़ेसर वर्मा हिचकियाँ खाते हुए चुपचाप रो रहे थे जैसे उनके चारों ओर खड़ी घास धूप और हवा में चमकती हुई हिल रही थी। हवा और घास के साथ उन्हें हिलते हुए देखकर खेत में डंडे पर टँगे किसी बिजूके का शक होता था। मगर बिजूका कभी रोता नहीं था अलबत्ता उसके चेहरे पर प्रोफ़ेसर वर्मा की तरह सफ़ेद-काले दोनों रंग हो सकते थे।

प्रोफ़ेसर वर्मा खुली धूप में खड़े क्यों रो रहे थे?

श्रीमती वर्मा ने अभी सहज भाव से घर का दरवाज़ा खोला था और मुस्कराते हुए बताया था कि प्रोफ़ेसर इसी ओर आये हैं। क्या श्रीमती वर्मा को मालूम था कि प्रोफ़ेसर यहाँ रोने आये हैं? उन्हें यदि यह मालूम होता तो क्या वे मुस्करातीं? और क्या तब वे मुझे यहाँ भेजतीं? मेरा दिल बैठ गया। मैं नहीं चाहता था कि प्रोफ़ेसर यूकिलिप्टस की उस नीरवता में मुझे देखें। मैं नीचे झुककर घास में छिप गया और उल्टे पाँव लौट पड़ा।

प्रोफ़ेसर के पारिवारिक बायोडाटा में ऐसा कुछ नहीं था जो आँसुओं की गुंजाइश छोड़े। उनका बेटा कनाडा में ऊँची नौकरी करता हुआ बस गया था। डॉक्टर बेटी मुम्बई में सुखी थी। उसका पति भी डॉक्टर था। गोमती नगर में घर अपना था। घर के पोर्टिको में गाड़ी थी। रिटायर हुए दस बरस हो गये थे। लेकिन विश्वविद्यालय की विशिष्ट सभाओं में उन्हें जरूर बुलाया जाता था। अकसर शिक्षक और विद्यार्थी कहते— "आप के बाद दर्शन विभाग में आप जैसा कोई नहीं आया।"

बढ़ती उम्र के बावजूद प्रोफ़ेसर और उनकी पत्नी स्वस्थ थे। फिर प्रोफ़ेसर शरीर को लेकर रोएँ, ऐसे आदमी नहीं थे।

वे कैसे आदमी थे?

इधर पिछले कुछ वर्षों में उनका पढ़ना काफ़ी कम हो गया था और उन्होंने कभी-कभी छीजते रिश्तों की बातें की थीं। जब एक बार मैंने उनकी ओर प्रश्नवाचक दृष्टि से देखा, तो उन्होंने मुस्कराते हुए कहा, "पिछली बार जब पत्नी का ऑपरेशन हुआ तो उसे रात को ग्लूकोज़ चढ़ रहा था और मुझे निगरानी करनी थी। मगर मैं सांख्य की गुत्थियों में उलझकर कुर्सी पर सो गया। पत्नी चीखी, तब जागा।" वे ठहाका मारकर हँसे थे। जब मैंने कहा कि सांख्य की गुत्थियाँ कोई मूँज की गुत्थियाँ नहीं है, तो उन्होंने कहा कि वे मूँज की गुत्थियाँ ही हैं। फिर उन्होंने बताया कि बोर्खेस नामक एक लातिन अमरीकी लेखक ने सारे दर्शन को फ़न्तासी का साहित्य कहा है। आख़िरकार आत्मा-परमात्मा सब परिकल्पनाएँ ही हैं। परियों की कहानियों की तरह।

जब मैंने उन्हें कुछ और कुरेदा तो प्रोफ़ेसर टेढ़ा मुँह करके बोले कि मेरी कहानी

एक सफल आदमी की कहानी है— जिसके जीवन में अब केवल सफल जीवन के अवशेष बचे हैं... अवशेषों की धूल और पत्थर!

"आप..." मेरे मुँह से निकला, "आप तो हैं!"

"यही तो मुश्किल है।"

वे हँसे थे।

मैं पगडंडी के मुहाने पर खड़ा था। घास नीचे छूट गयी थी। सड़क पर मेरे क़दमों के चारों ओर पत्थर-ही-पत्थर थे। दूर, कुछ दूर, यूकिलिप्टस के सफ़ेद, विराट तने और शाखाएँ थीं जो पत्तियों से लदी आकाश तक फैली थीं। पत्तियों के पार उजालों के झरने थे।

मुझे सचमुच इस बात का अफ़सोस था कि यूकिलिप्टस की कतारों के बीच कोई रास्ता नहीं है। क्या प्रोफ़ेसर वर्मा भी इसी रास्ते को खोजने आते थे।

नंगी झोपड़ी पर पड़ा ताला

ऐसा पहले भी कई बार हुआ था। किसी परिचित दृश्य में कोई अपरिचित नुक़्ता कभी नज़र आ जाता और पूरा दृश्य ही बदल जाता। इस बार यूकलिप्टस के पेड़ों के बीच झोपड़ी के छप्पर के नीचे मुझे दरवाज़े पर जड़ा नन्हा-सा ताला अचानक दिख गया था। मुझे पहला आश्चर्य तो यही हुआ कि अभी तक पहले कभी मुझे यह ताला क्यों नज़र नहीं आया। मैं यहाँ रोज़ सुबह आता था जब सूर्य दूर पूरब में पेड़ों के पीछे आकाश में उग रहा होता। यह छोटा-सा जंगल नदी के किनारे था। नदी सुबह-सुबह सुस्त-सी अपने किनारों के बीच चुपचाप पड़ी होती जैसे सूर्य की किरणों का इन्तज़ार हो। अभी सूर्य आएगा और नदी चमकेगी।

दूर से देखने पर यह जंगल नहीं लगता था। ऐसा लगता था जैसे कुछ यूकलिप्टस के पेड़ क़तारों में खड़े हैं और उनके पीछे कुछ और घने जंगली पेड़ हैं, जो छोटे भाइयों की तरह पीछे खड़े हाथों में हाथ डाले मुस्करा रहे हैं। छोटे भाई एक छोटा मुसलसल झुंड लगते थे, जिनके ऊपर यूकलिप्टस के सफ़ेद, पतले, लम्बे तने आकाश तक तने थे। तनों के बीच में आकाश था, तनों के ऊपर आकाश था और यूकलिप्टस के पत्ते आकाश में छपे थे। मैंने जब इसी आकाश को देखते हुए पहली बार सोचा कि यह एक विराट ख़ालीपन है जो सूर्य की उधार रोशनी के ज़र्रों से भरा है, तो मुझे ख़ुद ताज्जुब हुआ। यह उसी परिचित को एक बार और लाँघना था, जिसका ज़िक्र शुरू में हुआ था। मैंने अपने से कहा कि देखो, आकाश भी महज़ एक परिकल्पना है।

आकाश कुछ भी नहीं है।

इसीलिए वहाँ ईश्वर और देवी-देवताओं का निवास है।

जंगल में प्रवेश करते ही पैरों के नीचे पत्तियाँ आ जातीं। नीचे पत्तियों की फुसफुसाहट और ऊपर आकाश की पेड़ों के बीच करवटों से मुझे जंगल का पता चलता था। कभी-कभी पेड़ सरसराने लगते। ऊँची सरसराहट सुनाई नहीं देती थी। दूर पेड़ों में लुका-छिपी करती। तब आकाश में उजाला बढ़ जाता। सूर्य दूर कहीं

पेड़ों के पीछे झाँकने लगता। सूर्य की किरणें पत्तों के आर-पार बिछलती हुई जंगल में घुस आतीं और यहाँ-वहाँ झाड़ियों और पत्तों के बीच बैठ जातीं। जंगल मुस्कराता। छोटे पेड़ अपने शिखरों की समतल छत पर हँसने लगते। यह हरी हँसी थी।

मैं हैरान-सा जंगल में घूमता। मेरे चारों ओर यूकलिप्टस के सफ़ेद तने घूमने लगते। कभी आगे, कभी पीछे। घूमता मैं था। वे तेज़ चलते हुए लगते। जैसे एक छोटा आदमी लम्बे-लम्बे अनगिनत पेड़ों के साथ एक ही जगह घूम रहा हो! और इसी का नाम जंगल हो। जंगल में पत्तियाँ थीं और हवाएँ थीं, जो कभी-कभी चलने लगतीं। चिड़ियों के स्वर थे, जो हवाओं में गूँजते। मैं उन्हें पकड़ता। यह कोयल, वह पपीहा और कितने कौओं की काँव-काँव।

जब मैं पेड़ों के शिखरों पर नाचती रोशनी को आख़िरी बार देखकर लौटा तो मेरी नज़र झोपड़ी पर पड़ी थी। झोपड़ी में कोई दीवार नहीं थी। अलबत्ता छप्पर था। और छप्पर के नीचे बन्द दरवाज़ा था जिस पर छोटा-सा ताला जड़ा था— जिस पर अभी पहली बार मेरी नज़र पड़ी थी। झोपड़ी के ऋषि ने दीवारें कन्धे पर रखी थीं और दरवाज़े पर ताला मारकर चला गया था। मैं हैरान ताले को निहार रहा था। झोपड़ी में जंगल भरा था। ऐसा लगता था जैसे किसी ने जंगल के दरवाज़े को ताले से बन्द कर दिया हो। छप्पर के नीचे दीवारों की जगह हरे-हरे पेड़ थे और आसमान था और हवाएँ थीं। मैं यही सोच रहा था जब मेरा सिर अचानक बग़ल में खड़े यूकलिप्टस की ओर घूमा जिसके तने पर प्राचीन प्रेम-चिह्न खुदा था!

यह पेड़ झोपड़ी के ताले जड़े दरवाज़े के सामने था।

मेरे आश्चर्य का ठिकाना न रहा जब यूकिलिप्टस के तने पर खुदे दिल में चुभे तीर-ए-नीमकश के नीचे मैंने अपने नाम का पहला अक्षर पढ़ा। मैं उस अक्षर को देखता रह गया... उसके आगे कुछ नहीं था। या र के आगे दो नन्हे शून्य काफ़ी थे। क्या मैने ही कभी तने पर खुदाई की थी? क्या मैं ही बे-दीवार झोपड़ी का मालिक हूँ? हैरत की बात यह थी कि दिल में घुसा तीर देखकर मुझे अपना कोई प्रेम-प्रसंग याद नहीं आया। पेड़ के तने पर अकेले र के सिवाय कोई अक्षर ही नहीं था।

यह शक़ भी ज़रूरी लगा कि क्या यह मेरा ही नाम है?

तेज़ हवा चली। झोपड़ी के दरवाज़े पर ताला बोला खड़-खड़... खड़...खड़।

पचास बरस का बेकार आदमी

दिल्ली देश से इतनी दूर थी कि लोग दिल्ली में एक-दूसरे को देश की कहानियाँ सुनाया करते। ये क़िस्सागोई संसद की सौंध में, राष्ट्रीय केन्द्र में, अन्तर्राष्ट्रीय सभा में, मंडी हाउस की सड़कों और इमारतों में, त्रिवेणी-श्रीराम सेंटर में, कहवा घरों में और साहित्य-कला की महफ़िलों में चलती। महफ़िल में कभी कॉफी होती, कभी चाय होती, कभी शराब होती और बात-बात पर कहकहे और हँसी होती। जब दिल्ली अँधेरे में डूबने लगती तो लाखों रोशनियाँ एक-दूसरे को देखती हुई जल जातीं जैसे कोई विराट महफ़िल सजी हो जिसमें अँधेरा ऊपर आकाश में भागता हुआ ठहाका लगा रहा हो।

रात सबसे पहले कनॉट सर्कस के केन्द्रीय गोल पार्क में उतरती थी क्योंकि शाम होते ही चारों ओर बरामदों में रोशनियाँ जगमगाने लगतीं। लोग बरामदों में चलते हुए चौंक कर बाहर गोल सड़क की ओर दौड़ती गाड़ियों को निहारते— जिनके परे पार्क के पेड़ों और घास पर अँधेरा छाने लगता। आसमान पेड़ों में इधर-उधर फँसा कसमसाता। कोई तारा कहीं दूर छिटक जाता जैसे किसी और आकाश में अटका हो।

फिर रात इंडिया गेट के दोनों ओर फैली घास में सुगबुगाती। लोग घास पर फैल जाते जैसे घरों से निकलकर यहाँ कुछ खोजने आए हों। घास पर मूँगफली और आइसक्रीम और भेल बिक रही होती। लोग भेल खाते हुए इंडिया गेट पर छाया अँधेरा देखते जो राष्ट्रपति भवन से उतरकर सीधा राजपथ पर चला आता। अँधेरे के दोनों ओर सन्तरियों-सी बत्तियाँ जलतीं।

राष्ट्रपति भवन दीखता नहीं था। संसद आँख से ओझल थी।

दिल्ली के दिल में दूर लाल क़िला दिन-भर भाँय-भाँय करता और शाम होते ही अँधेरा क़िले के बाहर खाइयों और भीतर कोनों से निकलकर चारों ओर धुएँ-सा छाने लगता जैसे अन्दर कहीं आग लगी हो। जमना पार झुग्गी बस्ती के चूल्हों में आग जलती जब झुग्गी के नागरिक रात को लौटते। इधर चूल्हा जलता, उधर

टीवी चलता। दिल्ली के टीवी का परदा तिलिस्मी था। दुनिया में जितनी शान-शौकत और अय्याशी थी, सब इस परदे पर थी— जिसके सामने दिहाड़ी का चूल्हा जलता। चूल्हे पर फूलती रोटी के सामने परदे पर मेज़-भर व्यंजन थे, जिनके साथ रोटी खाई जाती। बाँहों और सीने पर फटे कपड़ों पर सूटों और साड़ियों का परदा चमकता रहता। दिन-भर के हाड़-तोड़ काम और जी-तोड़ मेहनत के बाद लोग रात में चमकते परदे के सपने देखते मानो देव-लेक में अप्सराओं के साथ विहार कर रहे हों। हर सुबह आँख खुलने पर उन्हें झुग्गी की बासी तिलैट गन्ध चपेट लेती जिसका उन्हें पता नहीं चलता था क्योंकि वही गन्ध उनकी देह में थी।

जमना चुपचाप रोती हुई लाल क़िले से झुग्गियों तक रोज़ बहती।

ऐसी ही किसी शाम कोई युवक दिल्ली स्टेशन के प्लेटफार्म नं. चार पर एक हाथ में टीन का बक्सा लिये उतरा। किसी कुली ने उससे टीन का बक्सा लेने की पेशकश नहीं की। लोग अब एक हाथ में रंगीन अटैची और दूसरे में पानी की पारदर्शी बोतल लेकर चलते थे। कुली इन्हीं का सामान लपकते। वह युवक जींस भी नहीं पहने था। वह काली पैंट और सफ़ेद कमीज़ पहने था, जो अब मटमैली हो गयी थी। उसका चेहरा भी मटमैला था। बाल रूख़े थे। कुछ-कुछ हवाइयाँ उड़ने की तर्ज पर बाल सिर पर उड़ रहे थे।

यही भीड़ में फँसा युवक हमारा नायक है। इसका नाम चन्द्र प्रकाश है, जिसे घर में चन्दू कहते हैं। यह आज सुबह झाँसी स्टेशन पर गाड़ी में चढ़ा था। इसे छोड़ने इसके पिता विश्वम्भर प्रसाद स्टेशन आये थे। शिक्षक पिता पिछले वर्ष रिटायर हो गये हैं। बेकार लड़के के लिए वे इससे ज़्यादा क्या कर सकते थे कि उसे स्टेशन पर दिल्ली की गाड़ी में बिठा देते— जहाँ उसके चाचा ने उसे नौकरी के लिए बुलाया था। चन्दू दो-तीन साल से बेकार था। गरमियों में फुटकर ट्यूशनें भी छूट गयी थीं। पाँच सप्ताह से चन्दू ने सिगरेट नहीं पी थी। ट्रेन में अगल-बगल बैठे लोग दिन-भर सिगरेट पीते रहे थे और चन्दू गहरी साँसें लेता रहा था।

दिल्ली के प्लेटफॉर्म पर बड़ी भीड़ और बहुत रौनक थी। लोग हर दिशा में जाते हुए लगते थे चाहे वे एक जगह खड़े हों। वे कभी पत्र-पत्रिकाओं के ठेले से टकराते, कभी फलों के ठेले से। चाय और ठंडी बोतल वाले उनसे टकराते। सब एक-दूसरे से टकरा रहे थे। प्लेटफॉर्म पर बारात-सा उजाला था। रेल की पटरियों पर अँधेरा था जहाँ से चन्दू दिल्ली आया था। चन्दू भीड़ में अकेला खड़ा था— या शायद आहिस्ता-आहिस्ता चल रहा था। वह हर तरफ़ जा सकता था। उसे पता नहीं था कि उसे कहाँ जाना है।

एकाएक उसने पाया कि वह प्लेटफॉर्म पर अकेला खड़ा है। भीड़ अपने रास्ते

पर जा चुकी थी। उसका साथ देने को अब कुछ ठेलेवाले और बेंच पर बैठे कुछ यात्री थे। कुछ बियाबान रोशनी भी थी, जो दोनों ओर पटरियों पर अँधेरे में खारिज हो रही थी। रोशनी के बियाबान में कहीं कुछ शोर छिपा था, जिसे ढूँढ़ने के लिए चन्दू ने ऊपर देखा— छत में लोहे के गर्डर और उनके साये थे। तभी दोनों ओर खम्भों पर लगे चोगों से आवाज़ आयी, "चन्द्र प्रकाश उर्फ चन्दू जहाँ भी हों, पूछताछ दफ़्तर में आ जाएँ। उनके चाचा उनका इन्तज़ार कर रहे हैं।"

पहली बार चन्दू ने चन्दू नहीं सुना था। चन्द्र प्रकाश की दिल्ली में क्या कमी थी और फिर दिल्ली में उसे पुकारने वाला कौन हो सकता था? लेकिन दूसरी ओर 'चन्दू' ने शक़ पैदा किया— जिसे 'चाचा' ने पक्का कर दिया। अँधेरे में छिपा शोर उसे बुला रहा था। वह हड़बड़ाकर बेंच पर बैठे एक व्यक्ति की ओर मुड़ा और उसने बोलते चोंगे की ओर इशारा करते हुए पूछा, "वह दफ़्तर कहाँ है?"

बेंच पर बैठे व्यक्ति ने मुस्कराते हुए चन्दू का हुलिया और टीन का बक्सा देखा ओर कहा, "प्लेटफॉर्म नं. 1 पर।"

"प्लेटफॉर्म नं. 1 कहाँ है?"

"सीधे जाओ। सीढ़ियाँ चढ़कर बायीं ओर पुल पर मुड़ जाना। जहाँ पुल ख़त्म हो, नीचे उतर जाना और पूछना कि 'पूछताछ' कहाँ है।"

चाचा 'पूछताछ' के सामने खड़े थे। मगर चन्दू ने उन्हें पहले देखा और टीन का बक्सा प्लेटफॉर्म पर छोड़कर उनकी ओर भागा। चाचा भी भागे। लेकिन वे चन्दू के बढ़े हाथों से बचते हुए आगे निकल गये और उन्होंने प्लेटफॉर्म पर लावारिस पड़ा चन्दू का टीन का बक्सा एक हाथ में उठा लिया। फिर वे पलटे और बोले, "बेटा चन्दू, यह दिल्ली है। यहाँ लावारिस सिर्फ़ आदमी रह सकता है। बाक़ी हर चीज़ को कोई-न-कोई हड़पने की फ़िराक में है।"

चन्दू पलटे चाचा को देख रहा था। उसने उन्हें इतना तेज़ दौड़ते कभी नहीं देखा था। वे चन्दू के टीन के बक्से के लिए दौड़े थे। जब वे दौड़ते हुए उसे पार कर रहे थे, वह अपनी जगह किंकर्तव्यविमूढ़ खड़ा रहा था। वह अपना टीन का बक्सा देखते हुए उनके चरणों में झुका जब वे सामने आये।

घर आते हुए चाचा ने चन्दू को एक कहानी सुनायी—

अमरा का आम

पचास बरस पहले की बात है। एक गाँव था। उसका नाम था : अमरा। अमरा नाम आम के बाग़ों से पड़ा था जो गाँव को हर तरफ़ से घेरे थे। बिना आम के बाग़ से गुज़रे न कोई गाँव के अन्दर आ सकता था, न गाँव के बाहर जा सकता था। गाँव के कुछ बुजुर्ग अमरा को अमरता से भी जोड़ते थे। नौजवान हँसकर पूछते, "अमर,

कौन है अमर?''

''आम।'' कोई बुज़ुर्ग जवाब देता।

''आम?''

''हाँ, आम।'' बुज़ुर्ग हँसता, ''आम का रस, आम का स्वाद। आम अमर है!''

नौजवान हँसते रह जाते।

जब आम पकते, शहर के दो लड़के हर साल गरमियों की छुट्टियों में अमरा अपनी ननिहाल आते। वे आम को पेड़ों पर पकता हुआ देखते, फिर आम तोड़कर खाते। पके आम पेड़ से टूटकर ज़मीन पर गिर जाते। लड़के आम बीनते। एक बार आम बीनते हुए एक लड़के को एक रुपया मिला। आम होता तो वह खा जाता। रुपये का क्या करे? वह रुपया लिये गाँव में घर-घर दरवाज़े पर जाता और पूछता—

''यह रुपया मुझे आम के बाग़ में मिला, तुम्हारा तो नहीं?''

यह पचास साल पहले की बात है, जब हमें आज़ादी नहीं मिली थी।

चन्दू, गाँव में घर-घर रुपये का वारिस पूछता वह लड़का तुम्हारे पिता थे, और उनके पीछे हँसते-हँसते ताली बजाता हुआ मैं था।

''रुपये का क्या हुआ चाचा?''

''उसे लड़के ने वापस आम के बाग़ में पेड़ के ऊपर फेंक दिया था।'' चाचा बोले।

खाने के बाद जब चाचा ने चन्दू से कहा कि तुम दूसरे कमरे में नन्दू के साथ सो जाओ तो चन्दू के मुँह से निकला, ''क्यों, क्या यहाँ छत नहीं है?''

चाचा हँसे, ''है, मगर वहाँ कोई सोता नहीं।''

चन्दू बोला, ''ठीक है, मैं छत पर अकेला सोऊँगा।'' उसे एक दरी और चादर-तकिये के साथ छत पर छोड़ दिया गया।

वह छत पर चित लेट गया। अब उसके और आसमान के बीच कुछ नहीं था। एक क्षण के लिए उसे लगा कि वह झाँसी के गुदड़ी मोहल्ले में अपने घर की छत पर लेटा है और आकाश की ओर टुकुर-टुकुर निहार रहा है। आकाश उसी तरह नीला फैला था। चाँद-तारों का शिल्प वही था। वही विन्यास था। सप्तर्षि उसी तरह मुस्करा रहे थे जैसे हाथ बढ़ाने पर वे भी अपने सातों जोड़ी हाथ बढ़ा देंगे।

उसे अचानक लगा कि वह आकाश में उड़ रहा है। आकाश में उड़ना इतना ही सहज था जितना ज़मीन पर चलना। उसे आश्चर्य हुआ। उसने जाना कि उसकी बाँहों में पंखों की हलचल है। उसने पहले दायें, फिर बायें देखा। दोनों ओर पक्षी के परों का एक संगति और संगीत में उठना था। आकाश में उड़ना एक विराट गुब्बारे पर तैरने की तरह था। धरती नीचे, बहुत नीचे— अपने में सिकुड़ गयी थी जैसे

किसी गुब्बारे की हवा निकल गयी हो।

धरती की ओर देखते हुए उसने जाना कि यह सपना है। इससे फ़र्क़ नहीं पड़ा। वह ख़ुश-ख़ुश अपने को चाँद-सितारों की ओर उड़ता हुआ देखता रहा।

मगर वह नंगा था! चाँद-तारों की तरह। न चन्द्रमा ने कच्छा पहना था, न तारों ने बनियान। तब उसने पहली बार बर्फीले पहाड़ों और उछलते समुद्रों और नदियों और झरनों और पेड़ों और फूलों को नग्न देखा जैसे सपने में कोई सपना देख रहा हो। वह एकाएक धरती पर लौटा और सिगरेट पीने लगा। वह नवजात स्वाद था जैसे उसने कभी सिगरेट न पी हो। वह नंगा अँधेरी गलियों में घूम रहा था। वे अपने शहर की गलियाँ थीं जिनमें वह एक से निकलकर दूसरी में चला जाता। इन गलियों में वह इतनी बार घूमा था कि पैर और गली में उसे फ़र्क़ ही नहीं लगता था। पता नहीं, पैर गली पर चल रहे थे या गली पैरों के नीचे चल रही थी। अलबत्ता उसके हाथ में सिगरेट थी।

जब वह कपड़े पहने था, उसके शहर ने उसकी सिगरेट छीन ली थी। पच्चीस की उम्र, तनी नसें, रगों में उछलता ख़ून और बुझाने को सिगरेट भी नहीं। उसे लगा था, वह सबके सामने नंगा हो गया है। जिस दिन उसकी सिगरेट छिनी, वह रोटी न खा सका था। अम्मा उसे चौके से पुकारती रही थीं। वह थाली छोड़कर आँगन में आ गया था। फिर आँगन से धड़धड़ाते हुए सीढ़ियाँ चढ़कर छत पर दौड़ते हुए वह छोटी अटारी में अपनी चारपाई पर औंधा गिर गया था।

वह रोया नहीं था।

जब वह चीखा, आँगन के नीम पर बैठी सारी नंगी चिड़ियाँ फुर्र-फुर्र उड़ीं और आसमान में खो गयीं।

उसके लिए अपने शहर में नौकरी नहीं थी, अपने घर में रोटी नहीं थी और अपने जिस्म में आँसू नहीं थे।

''चाचा!''

''हाँ?''

छत पर सुबह उगते सूर्य की किरणों के बीच चन्दू ने पूछा, ''क्या मुझे नौकरी मिल जाएगी?''

''हाँ।'' चाचा हँसे।

चाचा ने बताया कि भारत केवल नक्शे पर ही बड़ा देश नहीं है और दिल्ली उसकी राजधानी है, जिसकी छत पर इस वक़्त तुम खड़े हो, चन्दू! नौकरी की यहाँ भी किल्लत है, बड़ी मारामारी है। मगर यहाँ सूखा नहीं है। फिर ढूँढ़े से क्या नहीं मिलता, चन्दू।

वे सीढ़ियों से नीचे आये। जब चाची ने उनके सामने चाय के प्याले रखे तो चन्दू ने पूछा—

"नन्दू कहाँ है?"

"वहाँ।" चाचा ने मुस्कराते हुए दरवाज़े के बाहर, बालकनी के परे पार्क की ओर इशारा किया— जहाँ लड़कों के दो-तीन झुंड क्रिकेट खेल रहे थे।

चन्दू दरवाज़े के सामने हॉल में बैठा था। उसकी नज़र सीधे पार्क में खुलती थी जहाँ सुबह-सुबह क्रिकेट का मेला लगा था। नन्दू मेले में कहाँ है, कुछ पता नहीं चलता था।

"नन्दू कहाँ है?" पार्क में नज़रें गड़ाये चन्दू ने फिर पूछा।

"क्रिकेट में फँसा है।" चाचा हँसे।

"कैसे?"

चाचा ने चाय सुड़कते हुए चन्दू को क्रिकेट की कहानी सुनायी—

क्रिकेट की कहानी

जब हम छोटे थे, तब गोली, गुल्ली-डंडा, गैड़ी, कौड़ी, कबड्डी और हॉकी खेलते थे। झाँसी में हॉकी का चलन बहुत था। क़िले के चारों ओर जितने मैदान थे, सब मैदानों में लड़के हॉकी खेलते थे और ध्यानचन्द बनने का सपना देखते थे। जादूगर ध्यानचन्द की कहानियाँ पूरब-पश्चिम— हर ओर से शहर में आती थीं और हर मोहल्ले के चबूतरों पर सुनायी जाती थीं। किसी ने हालैंड में कहा कि ध्यानचन्द की हॉकी में चुम्बक लगा है। तब ध्यानचन्द को दूसरी हॉकी दी गयी। लेकिन ध्यानचन्द के हाथ की हॉकी की तासीर नहीं बदली। असल में चुम्बक ध्यानचन्द के हाथ में था। गेंद लपक-लपककर ध्यानचन्द की ओर चली आती थी। हिटलर ने हलकान होकर कहा, "ध्यानचन्द, तुम बर्लिन में ही बस जाओ। जो चाहो, मैं दूँगा।" ध्यानचन्द न माने, जैसे नेहरू मुसोलिनी से मिलने को न माने थे।

इन कहानियों का नायक शहर में ही रहता था। वह रानी लक्ष्मीबाई की तरह इतिहास का हिस्सा नहीं बना था। हॉकी खेलना जीवन्त इतिहास से संवाद था। हम ध्यानचन्द की क़सम खाकर खेलते थे और उनसे हाथ मिलाते थे ताकि उनका जादू हमारे हाथों में आ जाए। जब हमने सुना कि ध्यानचन्द चाँदनी में अभ्यास करते हैं तो हम चाँदनी में हॉकी खेलने लगे।

फिर आज़ादी आयी और क़िले पर तिरंगा फहराया। आहिस्ता-आहिस्ता क़िले के चारों ओर मैदानों में क्रिकेट के विकेट नज़र आने लगे। सबसे पहले यह दृश्य-परिवर्तन सिविल लाइंस की ओर नज़र आया— जो शहर का रईस इलाका था। कुछ लड़के चमचमाती सफ़ेद पैंट-कमीज़ पहने क्रिकेट खेलने लगे जबकि शहर के

अधिकांश लड़कों के पास पहनने को ऐसे पैंट-कमीज़ नहीं थे। इसी ज़माने में अख़बारों में नेहरूजी की अपने मन्त्रियों और आला अफ़सरों के साथ क्रिकेट खेलते हुए तसवीरें छपती थीं।

जब हमारे बाल पकने लगे तो क्रिकेट शहरों से गाँवों की ओर फैली। केवल मोंठ-चिरगाँव ही नहीं, बल्कि अमरा, पथर्रा, कोछाभाँवरा, भांडेर, पूंछ, सेमरी और सौ घरों के गाँव सोहनपुरा में भी क्रिकेट होने लगी, चाहे लड़के अधनंगे हों और गेंद कपड़े की तथा बल्ला डंडे का हो। यही लड़के पहले रेडियो पर कमेंट्री सुनते थे। अब टीवी पर मैच देखते हैं।

जिन दिनों भारतीय टीम देश-विदेश में किसी और टीम से भिड़ती है, सारे देश की आँखें उन्हीं पर होती हैं और कान स्कोर पर। दिल्ली में लोग खाना-पीना भूल जाते हैं। दफ़्तरों की कुर्सियाँ ख़ाली पड़ी रहती हैं। सड़कों पर भीड़ नहीं होती। तब पथर्रा में भी लड़के टीवी के परदे के सामने बैठे दिखाई देंगे।

देश क्रिकेट-मय हो जाता है।

जब भारत का कोई अन्तर्राष्ट्रीय मैच होता है तो पार्क ख़ाली रहता है क्योंकि लड़के टीवी के परदे के सामने बैठे होते हैं। जब मैच नहीं होता तो लड़कों के झुंड पार्क में क्रिकेट खेलते हैं जैसे टीवी का परदा स्थिर न हो और रंग गड़बड़ हो। वे टीवी के परदे की नकल करते हैं— अपने हाव-भाव और हरकतों में! पार्क की ओर देखते हुए लगता है मानो टीवी को मरम्मत की दरकार है।

यह आज़ादी का स्वर्ण-जयन्ती वर्ष था। संसद का छः दिनों का विशेष अधिवेशन आहूत हुआ था, जिसमें देश की आज़ादी के पचास वर्ष का लेखा-जोखा होना था। टीवी पर संसद की पूरी कार्यवाही प्रसारित हो रही थी जैसे क्रिकेट का पूरा मैच दिखाया जाता था। चाचा ऑफिस नहीं गये थे। चन्दू को पता नहीं था कि दफ़्तर बन्द था या चाचा ने छुट्टी ली थी जैसे वे कभी-कभी टीवी पर क्रिकेट मैच देखने के लिए लेते थे।

चन्दू परदा देखकर चौंका। परदे पर माइक के पीछे खड़ा कोई बोल रहा था और उसके पीछे कोई दीर्घा में बैठा था। वह दीर्घा थी। मंच नहीं था। मंच कहाँ था? चन्दू ने अभी तक मंच से ही भाषण सुने थे। मंच दीर्घा को सम्बोधित करती थी। तभी परदे पर दृश्य बदला और चन्दू ने संसद के विहंगम दृश्य में देखा कि दीर्घा में खड़ा वक्ता सामने मंच को सम्बोधित था।

"यह उलटी गंगा क्यों, चाचा?" चन्दू ने पूछा।

चाचा ने बताया कि सारे सांसद कुर्सी को सम्बोधित हैं।

"सांसद कुर्सी को सम्बोधित हैं?" चन्दू ने आँखें फैलाई।

"हाँ।" चाचा बोले।

चन्दू ने देखा कि परदे पर सब लोग भव्य सौंध में विराजे कुर्सी की ओर एकटक निहार रहे थे। भ्रष्टाचार के ख़िलाफ़ रोष और बोल संसद की ऊँची छत से टकराकर सौंध में गूँज रहे थे। ग़ुस्से से गूँजते संसद की भव्यता देखते ही बनती थी। एक विराट दरबार-ए-ख़ास था। दमकती रोशनी में ऊँची छत के नीचे ऊँचे मंच पर कुर्सी सजी थी। कुर्सी शानदार थी— जिसके सामने सब सिर झुकाये थे। दरबार-ए-ख़ास में कुर्सी सिंहासन की आभा बिखेर रही थी। और क्यों न हो? आख़िरकार, यह दुनिया का आला प्रजातन्त्र था जो धरती पर सबसे बड़ा था।

संसद में तैरते स्वरों से लगता था कि आला प्रजातन्त्र में भ्रष्टाचार अव्वल था। तीर-से स्वर दीवारों से टकराकर टुकड़े-टुकड़े छत की ओर जा रहे थे। टीवी परदा सन्न था, जो भ्रष्टाचार की कहानी कह रहा था। सब ऐसे कान लगाकर सुन रहे थे जैसे यह सचमुच कोई कहानी हो। श्रोता परदे के अन्दर थे और परदे के बाहर समूची धरती पर फैले थे— जो समुद्रों के बीच एक ही भंगिमा में चकित थी।

एक कहानी चन्दू के मन में चल रही थी—

सत्याग्रह की कहानी

स्वतन्त्रता की स्वर्ण-जयन्ती की सुबह लालक़िले की प्राचीर से देश के नेता ने जनता से आह्वान किया था कि वह भ्रष्टाचार को भगाने के लिए सत्याग्रह करे। नेता ने जब डांडी-यात्रा को याद किया तो उनका स्वर भीग गया। उन्होंने कहा कि जैसे डांडी-यात्रा ने देश को अँग्रेज़ों से मुक्त किया था, जनता का एक और सत्याग्रह देश को भ्रष्टाचार से मुक्त कर देगा।

यह सचमुच सुभाषित था।

चन्दू ने यह सुभाषित झाँसी में अपने पड़ोसी नरेन्द्र के घर टीवी पर देखा था। उसके घर में टीवी नहीं था। पिता कहते, "मेरे पास दो नम्बर का पैसा नहीं। जो एक नम्बर का है, उससे तुम्हारी बहन के हाथ मुश्किल से पीले होंगे। उसके हाथ पीले करने की घूस के लिए टीवी ख़रीदना पड़ा तो ख़रीदूँगा, बेटा।"

जब टीवी पर भ्रष्टाचार का सुभाषित चल रहा था तो परदे पर लाल क़िले के सामने फैला अपार जनसमूह भी बार-बार प्रकट होता जैसे सत्याग्रह की क़सम खा रहा हो। चन्दू बरदाश्त न कर सका। वह बाहर निकलकर गुदड़ी की सड़क पर आ गया। फिर जैसे किसी तन्द्रा में हो, वह सड़क से पतली गली में होता हुआ बड़ा बाज़ार में पहुँचा और मानिक चौक से घूमकर मिनर्वा के समाने पहुँच गया। वह सीधा क़िले की ढलान पर चढ़ा और मुख्य द्वार से घुसकर क़िले की प्राचीर पर खड़ा हो गया जहाँ तिरंगा झंडा लहरा रहा था। झंडे की बुर्ज सूनी थी। चन्दू

शहर की ओर मुँह करके खड़ा हो गया और बोला—

"मेरे शहर के लोगो, मैंने तीन साल पहले भ्रष्टाचार के ख़िलाफ़ सत्याग्रह किया था। मुझे 'झाँसी-रत्न' की उपाधि दो।

"जब गाँधी विद्यालय में शिक्षक की नौकरी के लिए मेरा साक्षात्कार हो गया तो उसी रात दुबेजी ने मुझे घर बुलाया और कहा कि पच्चीस हज़ार का इन्तज़ाम कर लो तो तुम्हें नौकरी मिल जाएगी। मैं चुप रहा। दुबेजी ने फिर कहा, 'रुपया मैनेजिंग कमेटी के पाँच सदस्यों में बाँटा जाएगा।' जब मेरी चुप्पी नहीं टूटी तो दुबेजी बोले, 'तुम्हारी योग्यता में कोई कमी नहीं, मगर हमारी मजबूरी है।

"मैं पिता से पच्चीस हज़ार क्या माँगता?

"मैंने सत्याग्रह किया।

"क्या वह सम्भव है कि दुबेजी की मैनेजिंग कमेटी भंग करके फिर से नयी कमेटी बने और फिर से नौकरी के लिए इंटरव्यू हों?

"दुबेजी और उनके दोस्तों को जेल होनी चाहिए।

"यदि यह तीन दिन में न हुआ तो मैं दिल्ली जाऊँगा।"

चन्दू के स्वर शहर के ऊपर नीली हवा और रोशनी में छितरा गये थे।

स्वर्ण-जयन्ती समारोह के संसदीय प्रसारण में चन्दू ने सारे राष्ट्रीय नेताओं को पहचाना, चाहे वे सत्ताधारी दल के हों या विपक्ष के : एक ओर प्रधानमन्त्री अपने मन्त्रियों के साथ विराजे थे, दूसरी ओर विपक्षी नेता थे। चन्दू ने एक-एक को पहचाना। उसने परदे पर प्रधानमन्त्री की सफ़ेद, दिल-फ़रेब दाढ़ी को देखा और वित्तमन्त्री के किशोर चेहरे को— उसे आश्चर्य हुआ कि देश की अर्थ-नैया इतने किशोर चेहरे के हाथ में है! अख़बारों की तसवीरों में पता नहीं चलता था। चल-चित्र की पारदर्शिता अद्‌भुत थी। विपक्ष भी सहज था। नेता अपने गणों और देवियों के साथ कतार-दर-कतार बैठे थे। कोई कभी मुस्कराता, कभी कोई ध्यानमग्न हो जाता। कोई आँखें मूँद लेता तो शक़ होता कि वह सो रहा है। परदे पर छवियों का खेल चलता रहता।

परदे के खेल में चन्दू अपनी नौकरी ढूँढ़ रहा था। यह आश्वासन दिया गया कि यदि सात प्रतिशत विकास-दर बनी रहे तो अगली सदी के दूसरे दशक में देश से बेकारी दूर हो जाएगी। तब चन्दू की उम्र पचास बरस होगी! क्या वह पचास बरस तक बेकार रहेगा?

"क्यों हँस रहे हो?" चाचा ने पूछा।

"चाचा, यदि मैं पचास बरस की उम्र तक बेकार रहूँ तो कैसा लगूँगा?"

"जैसे अभी लग रहे हो।" चाचा हँसे।

“क्यों?”

“क्योंकि तब काल रुक जाएगा।”

“और देश, चाचा?” चन्दू ने पूछा।

“जब देश-काल का रिश्ता टूट जाए, तब देश भी अपना नहीं रहता।”

चाचा छत की ओर देख रहे थे। कमरे में सन्नाटा था। सन्नाटे में परदे की आवाज़ें गूँज रही थीं।

एक पेंच और था— किशोर चेहरे वाले वित्तमन्त्री जिस ढीले ढाँचे का तसव्वुर कर रहे थे, उस खुली फ़िज़ाँ में दुबेजी और उनके दोस्त छुट्टा साँड़ हो जाएँगे। वे शहर रौंद डालेंगे और शहर में शिकायत करने को शिकायत-पेटी भी न होगी। चन्दू ने अचानक परदे पर अपना शहर देखा जहाँ गलियों में सींग उठाये अनगिनत साँड़ दौड़ रहे थे और धूल उड़ रही थी। शहर के लोग धूल में लिपटे, बन्द घरों में छिप गये थे। परदे पर लोग नहीं थे, बस, पैर और सींग उठाये साँड़ थे। परदे पर साँड़ एक ओर से आते, दूसरी ओर निकल जाते। यह अनहोना था। परदे पर साँड़ों की कतारें थीं। वे एक कतार में धूल उड़ाते हुए परदे पर आते और एक कतार में धूल उड़ाते हुए दूसरी ओर निकल जाते। परदे पर दौड़ते साँड़ों की पंक्तियाँ थीं और धूल थी... और झाड़-झंखाड़ थे... कुछेक पेड़ भी झाड़ियों के बीच-बीच में नज़र आ रहे थे... लेकिन शहर की गलियाँ, मकान और क़िला कहाँ गये?

परदे में शहर जंगल हो गया था।

जब चन्दू चीखा तो चाचा ने उसे झकझोरा और कहा, “आँखें खोलो, क्या दिन में सपना देख रहे हो?”

चन्दू एकाएक ख़ुश हुआ कि उसके शहर का जंगल सपने में ही था।

जिस सुबह चन्दू दरबार-ए-आम में शरीक होने के लिए प्रधानमन्त्री की कोठी पर पहुँचा, बारिश हो रही थी। चाचा ने चन्दू को गेट पर छोड़ा और अपने ऑफ़िस की ओर स्कूटर बढ़ा दिया। गेट पार करते हुए चन्दू अपने मन में ‘सत्याग्रह की कहानी’ दुहराने लगा। उसे अपनी कहानी के अन्त पर शक हुआ। फिर उसे ढाढ़स बँधा। यदि स्वर्ण-समारोह के पहले दिन उसने झाँसी के क़िले से भाषण न दिया होता, तो उसे अपना भाषण शब्दशः याद कैसे रहता?

बारिश की वजह से दरबार-ए-आम में इने-गिने लोग थे। प्रधानमन्त्री भी लॉन की हरी घास पर टहलते हुए और कनखियों से क्यारियों में फूल देखते हुए लोगों से बतिया नहीं सकते थे। इसीलिए वे अपने कक्ष में विराजमान थे और लोग एक-एक करके अन्दर जा रहे थे और बाहर आ रहे थे। लोगों की तकलीफ़ें हर क़िस्म और रंग की थीं। जिस तरह हर रंग और क़िस्म के कोठी के बाग़ में फूल थे।

प्रधानमन्त्री की पुष्प-प्रेम की परम्परा थी।

"मैं आपको कहानी सुनाने आया हूँ।" चन्दू ने कहा।

प्रधानमन्त्री ने आँखें ऊपर उठायीं। उनका चश्मा चमका। मेज़ के दोनों ओर बैठे दोनों सचिव मुस्कराये। विराट कक्ष में जगमग प्रकाश था। ठंडक थी। दीवारों पर चारों ओर हरे परदे झूल रहे थे। कहाँ खिड़की है, कहाँ दरवाज़ा है, पता ही नहीं चलता था। लगता था जैसे बाहर हरी घास का लॉन अन्दर परदे बनकर दीवारों पर लटका है।

"क्यों?" प्रधानमन्त्री मुस्करा रहे थे।

"क्यों?" चन्दू बोला, "यदि आप संसद में शेर सुना सकते हैं तो क्या मैं आपको कहानी नहीं सुना सकता?"

"सुनाइए।" प्रधानमन्त्री हँसे।

"आपको दो मिनट मिले हैं।" एक सचिव ने टोका।

"कहानी का शीर्षक है : 'सत्याग्रह की कहानी'," चन्दू शुरू हो गया।

यह वही कहानी थी जो ऊपर उद्धृत है, जिसके अन्त को लेकर चन्दू को कोठी के गेट पर सन्देह हुआ था। कहानी का असर प्रधानमन्त्री के चेहरे पर हो रहा था। सबसे पहले कुछ अचरज का भाव था, फिर चिन्ता की परछाईं, जो अन्त में एक सवालिया निशान में बिला गयी। दायें-बायें दोनों सचिव अविचल रहे।

"यह कहानी यहीं छोड़ दीजिये।" प्रधानमन्त्री ने कहानी ख़त्म होने पर एक सचिव को इशारा किया। उसने चन्दू की कहानी ले ली।

"कैसी है?" चन्दू ने पूछा।

"उम्दा।" वे मुस्कराये।

मौन।

"दुख जब कहानी या शेर बन जाए तो वह कहानी या शेर हो जाता है, दुख नहीं रहता।" चन्दू ने कहा।

"मैंने नायक को कहानी से बाहर निकाल लिया है।" वे बोले।

चन्दू दरवाज़े तक गया, फिर वापस लौट आया। दोनों सचिवों ने उसे जाने के लिए पूरे हाथ हिलाये। प्रधानमन्त्री ने उन्हें रोक दिया।

"एक बात पूछना चाहता हूँ।" मेज़ के सामने खड़े हुए चन्दू ने कहा।

"कहिए।"

"हमारे यहाँ काम की इतनी किल्लत क्यों है? चींटी से लेकर हाथी तक—सबके पास अपना काम है। आदमी के पास काम नहीं है। क्या आदमी का काम चोरी हो गया?"

वे ऊपर छत की ओर देख रहे थे।

जब प्रधानमन्त्री कुछ नहीं बोले तो चन्दू ने कहा, ''यह चोरी है या डाका? हमें आदमी बनाकर हमारा काम छीन लिया है। आदमी का काम ही आदमी है, श्रीमान्!''

उनकी आँखें छत पर थीं जैसे अपने काम में उनकी आत्मा रमी हो।

''श्रीमान्!'' चन्दू ने फिर कहा, ''एक निवेदन करना चाहता हूँ।''

''बोलिये।'' उन्होंने आँखें मेज़ पर उतारीं।

''आपकी दाढ़ी बड़ी दिलफ़रेब है।'' उसकी आवाज़ सपाट थी। ''मैं बिल्कुल बेकार हूँ। क्या मुझे आपकी दाढ़ी बनाने का काम नहीं मिल सकता?''

''मैं अपनी दाढ़ी ख़ुद बनाता हूँ।'' वे मुस्कराये।

चन्दू बाहर चला आया।

मौसम बदलने लगा। पहले आकाश से मेघ ग़ायब हुए। फिर सितम्बर का धुपैला, तीखा आसमान चमका। पानी के परदे से बाहर दिल्ली का दोहरा चेहरा नज़र आया— आधा तर, आधा भूखा। इन्हीं दिनों कभी चाचा के साथ, कभी नन्दू के साथ चन्दू ने दिल्ली देखी। संसद और लाल क़िले की धुरियों पर नयी और पुरानी के बीच दिल्ली टँगी थी। दिल्ली के कुछ इलाकों को देखकर चन्दू को लगता था कि वे हवा में टँगे हैं। एक क़स्बे की सड़कों पर घूमते हुए या पहाड़ियों पर चढ़कर रानी लक्ष्मीबाई के क़िले को देखते हुए उसने सोचा नहीं था कि अपने ही देश में कुछ लोग इस क़दर शान से रहते होंगे जैसे पहले कभी राजा-रानी रहते थे। अख़बारों में ज़रूर पढ़ा था। कुछ तसवीरें देखी थीं। महलों-से घर थे, जो बाग़-बग़ीचों से घिरे थे। गेट पर सन्तरी तैनात थे जैसे घर न हों, क़िले हों— जिन्हें दुश्मन के हमले का सनातन भय हो; महलनुमा घरों में इसीलिए भेड़ियों जैसे बड़े-बड़े कुत्ते भी नज़र आते थे।

तसवीरें सच थीं।

तसवीरों से राजाओं जैसे आदमी बड़ी-बड़ी विदेशी गाड़ियों में बैठे बाहर सड़क पर आते और राजधानी की हर दिशा में चले जाते जैसे हर जगह उन्हीं का क़ब्ज़ा हो। चन्दू हैरत से आँखें फाड़े रह जाता। उसने इतने चमचमाते लोग नहीं देखे थे जिनकी रोशनी सड़कों पर सूर्य से ज़्यादा हो।

लोगों से ज़्यादा उसे बाज़ारों पर ताज्जुब हुआ, जो राजधानी में हर ओर फैले थे। बीचोबीच कनॉट प्लेस में ज़मीन के ऊपर बाज़ार था, ज़मीन के नीचे बाज़ार था और बाज़ार की एक इमारत ऊपर आकाश की ओर चढ़ गयी थी जैसे ब्रह्मांड बाज़ार-मय हो। बाज़ार में ऐसी बहुत-सी चीज़ें थीं जिन्हें चन्दू ने कभी देखा नहीं था। नन्दू उसे उन चीज़ों के बारे में चमकती आँखों से बताता जो फुसफुसाती होतीं कि इनके

बिना जीवन अकारथ है। दो टाँगों और दो कन्धों को ढकने के लिए तरह-तरह की काट के कपड़े थे। उनकी कीमतें ऐसी थीं कि ऐसे एक जोड़े में घर भर साल-भर कपड़े पहनता। तन ढकने और रोटी खाने और घर को सजाने के लिए ऐसे-ऐसे औज़ार थे कि आदमी हाँफ़ते हुए यही सोचता कि आगे और कुछ हो ही नहीं सकता।

लौटते हुए जमना पार पुल के नीचे बायीं ओर झुग्गियों की दुनिया थी। यह दुनिया सँकरी गलियों और मुश्किल धूप के ताने-बाने से बनी थी, जहाँ कुत्ते और सुअर, आदमी और औरतों के साथ डोलते थे। झोपड़ियों का शिल्प सदियों पुराना था, जिसमें अब प्लास्टिक और पत्थर एक-साथ जड़े थे। फिर भी ये झोपड़ियाँ इनके निवासियों की तरह भंगुर लगती थीं। ये दो दिन का मेला था। अलबत्ता दक्षिण दिल्ली के महल सनातन थे जैसे उनके निवासी कभी नहीं मरेंगे। कुछ महल बहुत ऊँचे थे। शहर का एक सिरा आकाश में छेद करता लगता, दूसरा सिरा पाताल में धँसा जाता था जैसे पहले के बोझ से दबा जाता हो। इन्हीं दो छोरों के बीच कहीं चन्दू की नौकरी खो गयी थी, जिसकी जुस्तजू में वह शहर-भर में भटकता।

दिल्ली में दूसरे दिन चाचा ने चन्दू को हिन्दुस्तान टाइम्स में नौकरियों के विज्ञापन देखने और अर्जी लिखने के बारे में बता दिया था और सौ का एक नोट डाक ख़र्च के लिए दिया था। चन्दू का हर रोज़ सुबह यही काम था। जैसे लोग अख़बार में झपटकर पहले पृष्ठ की मुख्य ख़बर देखते हैं, चन्दू दूसरे पृष्ठ पर नौकरियों की ख़बर देखता। उसके लिए नौकरी रोज़ मुख्य ख़बर थी, रोटी की तरह। जिस तरह रोटी के बिना नहीं जिया जाता, उसी तरह नौकरी के बिना नहीं जिया जा सकता था। यह कैसा ज़माना था जिसने रोटी को नौकरी की थाली में परोस दिया था?

चन्दू रोज़ सुबह नौकरी की सम्भावनाएँ तलाशता, अर्जियाँ लिखता और उन्हें डाक की पेटी में डाल आता। डाक की पेटी मधु विहार के चौराहे पर थी। लौटते हुए वह बाज़ार की रौनक देखता। उसे लगता, चौराहे पर सब नाक की सीध में जा रहे हैं— बिल्कुल सीधे, नाक की सीध में। सिर्फ़ उसी के पास नाक की सीध नहीं थी। उसे उन दिनों आईने में अपनी नाक भद्दी लगती थी।

फिर अर्जियों के जवाब का इन्तज़ार शुरू होता, डाकिया बारह के बाद आता। उस समय चन्दू गेट पर ही होता था, इधर-उधर टहलता हुआ— जैसे डाकिये का इन्तज़ार न कर रहा हो। गेट पर डाक छँटती। यदि कोई पत्र होता, तो उसे लेकर वह घर लौट आता। वह एक शानदार दिन था जब उसने अपने नाम का एक छपा लिफाफा देखा : वह पहला इंटरव्यू-कॉल था।

चाचा ख़ुश हुए, उन्होंने पूछा, ''क्या पहनकर जाओगे?''

''पैंट-कमीज़।'' चन्दू ने कहा।

''दिखाओ।''

चन्दू अपनी धुली सफ़ेद कमीज़ और नीला-सा पैंट ले आया!

''नहीं चलेगी।'' चाचा बोले।

''क्यों?''

''इसे पहनोगे तो नौकरी नहीं मिलेगी।''

''क्यों?''

''क्योंकि नौकरी खाते-पीते-पहनते लोगों को मिलती है।''

''क्यों?''

''क्योंकि नौकरी देने वाले उम्दा कपड़े पहनते हैं।''

''क्या सब अपनों को ही देखते हैं?''

''हाँ।'' चाचा ने कहा।

फिर चाचा ने नन्दू से अपनी नयी पैंट-कमीज़ लाने को कहा और चन्दू को उसे पहनने को। बिल्कुल ठीक नाप था— यद्यपि नन्दू उससे एक पंचवर्षीय योजना पीछे था। चाचा फिर अपनी अलमारी से एक बादामी रंग की टाई लाये और उसे बाँधना सिखाया। उन्होंने चन्दू को बताया कि चाहे गरमी हो या बरसात, दिल्ली में अब बिना टाई के अच्छी नौकरी नहीं मिल सकती।

''क्यों?'' चन्दू ने बच्चे की तरह फिर पूछा।

''क्योंकि दिल्ली अब दुनिया है।'' चाचा हँसे, ''दिल्ली की होड़ दुनिया से है। यह भूमंडलीकरण का ज़माना है।''

टाई गले में कसे चन्दू पहली बार हँसा, ''क्या ज़माने को टाई से बाँधेंगे?''

''हाँ,'' चाचा खिलखिलाए। ''बिल्कुल। वे भारत में भारतीय कपड़े की टाई बनाएँगे और फिर हमीं को बेच देंगे। और यदि पैसा न हो तो ऋण भी देंगे— ताकि हम टाई ख़रीद सकें।''

''टाई के लिये ऋण?'' चन्दू ने आँखें फैलाईं।

''हाँ, चन्दू, अभी हम पर टाई का ऋण हज़ारों करोड़ डालर है। टाई कुछ लोग चाहते हैं। टाई का ऋण हर भारतीय के सिर पर है।''

चन्दू ने इस बार अपने-आप टाई बाँधकर चाचा को दिखायी, गले पर गाँठ भव्य थी। चाचा ख़ुश हो गये। उन्होंने चन्दू को चूम लिया और कहा—

''तू बहुत तरक्की करेगा।''

सुबह चन्दू तैयार होकर मधु विहार के चौराहे पर पहुँच गया। चौराहे पर उसने

घड़ी देखी : साढ़े आठ था। इंटरव्यू साढ़े नौ बजे था। बाराखम्भा रोड जाना था। आराम से बस से पहुँचने का समय था। सीधी बस न मिली तो आई.टी.ओ. पर उतरकर ऑटो ले लूँगा, उसने सोचा। बीस-पच्चीस रुपये बचेंगे। इस तरह बार-बार चाचा से सौ का नोट कब तक लूँगा?

चन्दू पटपड़गंज बस डिपो के स्टॉप की ओर आगे बढ़ा। स्टॉप पर दूसरी बस आई.टी.ओ. के लिए आयी। वह ब्लू लाइन थी। तेज़ जाएगी। पीछे खड़े होने की जगह थी। स्टॉप पर भीड़ मज़ेदार थी। मार-काट वाली भीड़ नहीं थी। उसने आगे बढ़कर पायदान पर पैर रखा। कोई आगे था, जो आगे नहीं जा रहा था। चन्दू के पीछे चढ़ने वालों का दबाव था। आगेवाला आगे नहीं जा रहा था। चन्दू ने हड़बड़ाकर पायदान पर पैर पटके। जब आगेवाला आगे बढ़ा, वह आगे बढ़ा और उसने छत से लटकती छड़ थाम ली। उसे पता नहीं चला, कब पायदान पर उसके पीछे खड़ा लड़का उसकी पीछे की जेब से पर्स खींचकर पीछे उतर गया।

वह छड़ थामे खड़ा सुस्ता रहा था और बस में गीत गूँज रहा था : परदेसियों से न अँखियाँ मिलाना... गीत के स्वर तेज़ थे। लगा, गाने की एक चीख से ही बस चल दी। चलते ही बस गाने की तरह तेज़ हो गयी, एकाएक चन्दू को लगा कि हेलीकॉप्टर में बैठकर ऐसा ही लगता होगा जैसा उसे अभी बस में खड़े-खड़े लग रहा था। मगर हेलीकॉप्टर में संगीत नहीं होगा— परदेसियों से न अँखियाँ लड़ाना... एक लड़की उसके आगे खड़ी थी। जब गति का झटका लगता तो लड़की के नितम्ब उसकी जाँघों को छू जाते।

कड़कड़िया मोड़ पर बस रुकी। उसमें इतने लोग चढ़े जैसे बस, बस न हो, कोई सुरंग हो जिसमें लोग एक ओर आकर दूसरी ओर चले जाते हों। पहले कुछ मानव-शरीरों ने चन्दू के शरीर को घेरा, फिर वे उसे चारों ओर से दबाने लगे जैसे किसी गुब्बारे की हवा निकाल रहे हों। जब बस चली तो बस में हवा का अहसास हुआ।

लेकिन हवा फेफड़ों में नहीं रही थी— या हवा चन्दू के फेफड़ों के बजाय किन्हीं और फेफड़ों में जा रही थी— हालाँकि साँसें वही ले रहा था!

दम घुटने-सा लगा।

वह एक धक्के से पीछे की ओर चला गया जहाँ काँच का परदा था और परदे के पीछे शहर पीछे भाग रहा था। शहर के पीछे आसमान था। चन्दू काँच में जड़े आसमान को देखता रहा। तब आहिस्ता-आहिस्ता उसकी साँस लौटी। साँस लौटने पर उसने अपने दोनों हाथों और दोनों पैरों को अपने ही जिस्म की तरह महसूस किया। उसे ख़ुशी हुई कि वह किसी और के पैरों पर नहीं खड़ा है और उसके दोनों हाथ उसी के पास हैं।

कोई गीत बस में गूँजा जिसके बोल समझ में नहीं आये। सिर्फ़ तेज़ संगीत की चीखती धुन थी।

जब चन्दू बस-स्टॉप पर एक संघर्ष के बाद पूरा उतर गया तो उसने पाया कि उसके गले में टाई नहीं है। शायद गाँठ ढीली थी, टाई भीड़ में कहीं छूट गयी। कमीज़ मुचड़ गयी थी और उस पर मैल के धब्बे थे। जब चन्दू ने अपना पर्स टटोला तो उसे नदारद पाया। वह शहर में नौकरी की तलाश में निकला था और लुट गया था।

वह लौटा।

लुटा-पिटा वह पैदल जमनापुल, लक्ष्मीनगर बाज़ार, शकरपुर और कड़कड़िया मोड़ तक आया, फिर चौराहे को पार करके उसने पुल पर चढ़कर बायीं ओर बंजर देखते हुए पेशाब की। पेशाब करते हुए उसके कानों में अचानक कोयल की कुहू-कुहू के स्वर पड़े। यहाँ कोई उद्यान नहीं था। पीछे गाड़ियों की भर्र-भर्र और पीं-पीं थी। आगे पुल के नीचे नाला था। नाले के परे झाड़-झंखाड़ थे। कोई पेड़ भी नहीं दिखा, जिसकी शाख पर कोयल बैठी हो और कुहू-कुहू कर रही हो। क्या पुल के नीचे कोई पेड़ था? या नाले में कहीं कोई झाड़ी थी? या कहीं हवा में कोई घोंसला था, जहाँ कोयल बैठी हुई गा रही थी? या वह आकाश में कहीं कुछ ढूँढ़ती हुई गीत गा रही थी जैसे खेत-खलिहान में किसान गाते हैं?

जब कोयल का स्वर चन्दू के कानों में पड़ा, वह कल रात घर पर हुई नन्दू के जन्मदिन की पार्टी के बारे में सोच रहा था। उसके दर्जन-भर दोस्त आये थे और मेज़ पर जो केक सजा था, उस पर बीस मोमबत्तियाँ जगमगा रही थीं। दोस्तों ने गाना गाया था और खिलखिलाते हुए उसे हाथों में लेकर बीस बार फ़र्श पर छोड़ा था। एक बरस का एक झटका! सालगिरह की ख़ुशी से घर भरा था। नन्दू ने चन्दू से पूछा था, ''दादा, आपका जन्मदिन कब है?''

उसने हँसकर कहा था, ''नहीं मालूम।'' उसे सचमुच अपना जन्मदिन मालूम नहीं था। सनद में पहली जनवरी दर्ज था। मगर कोई कैलेंडर देखकर कैसे पैदा हो सकता था?

उसने कभी अपना जन्मदिन जानने की ज़रूरत महसूस नहीं की थी। ऐसी क्या ख़ास बात थी उस दिन में? वह अभी धूप में पाँच-छह किलोमीटर पैदल चलकर, पसीना-पसीना, सड़क के एक ओर खड़ा पेशाब कर रहा था। वह आज नौकरी का इंटरव्यू नहीं दे सका था। बिना नौकरी के रोटी का ठिकाना नहीं था। अपने शहर में अपने घर की रोटी गले के नीचे नहीं उतरी थी। चाचा के घर दिल्ली में कब तक टुकड़े तोड़ेगा?

जन्मदिन का क्या मैं अचार डालूँगा?— उसने सोचा।

जब वह पैंट के बटन बन्द करके चला तो कोयल फिर कूकी। उसने अचरज से फिर चारों ओर देखा। कोयल कहीं नहीं थी। सिर्फ़ उसकी आवाज़ थी— कुहू-कुहू।

जब ग्यारह इंटरव्यू हो गये और चन्दू कहीं नहीं चुना गया तो चाचा को चिन्ता हुई। उन्होंने ग्यारहवें इंटरव्यू के नतीजे की शाम चन्दू से पूरा इंटरव्यू अविकल दोहराने को कहा। जब चन्दू बोल रहा था तो चाचा की आँखें पार्क में क्रिकेट की ओर थीं और कान चन्दू की ओर। चाचा एकाएक मन-ही-मन मुस्कराये जैसे कोई मन्त्र उनके हाथ आ गया हो। चन्दू जब चुप हो गया तब वे पार्क से नज़रें हटाकर बोले, ''क्रिकेट के खेल के लिये क्या ज़रूरी है?''

''गेंद-बल्ला।''

''और?''

''विकेट।''

''और?''

''लेग-गार्ड्स और दस्ताने।''

''और?''

''टोपी।''

''और?''

''और कुछ नहीं, चाचा!'' चन्दू ने खीझकर कहा।

''नहीं चन्दू, तुम असली चीज़ भूल गये।''

''क्या?''

''पैंट-कमीज़!''

''चाचा, वह तो होगी ही। भला कोई लँगोट पहनकर क्रिकेट खेलेगा?''

चाचा हँसे। फिर बोले—

''तुम्हारी पैंट-कमीज़ गन्दी है।''

''नहीं चाचा, मैं इंटरव्यू में नन्दू की उम्दा पैंट-कमीज़ पहनकर गया था और आपकी टाई बाँधकर गया था।''

चाचा पार्क की ओर निहारते हुए बोले, ''मैं जुबान की पैंट-कमीज़ की बात कर रहा हूँ, चन्दू!''

चन्दू चुप था। वह छत की ओर देख रहा था।

''अँग्रेज़ी!'' चाचा ने ठहाका लगाया, ''तुम्हारी कस्बाई अँग्रेज़ी दिल्ली में गन्दी लगती है। तुम्हें यहाँ नौकरी कैसे मिलेगी?''

चन्दू किंकर्तव्यविमूढ़ था।

''कोई बात नहीं।'' चाचा ने ढाढ़स बँधाया, ''हम कोशिश करेंगे।''

''क्या?''

''आज से तुम सिर्फ़ अँग्रेज़ी में बात करोगे।''

''क्या?'' चन्दू चौंका।

''आज से तुम सिर्फ़ अँग्रेज़ी में बात करोगे।''

''अच्छा।''

''आज से नहीं, अभी से।''

''गुड।''

''गुड नहीं, वेरी वेल।''

''वेरी वेल।''

अँग्रेज़ी में बात करना आसान नहीं था। अक्सर ऐसा होता कि शब्दों को टटोलते हुए वह बात भूल जाता। या बात का अँग्रेज़ी में तर्जुमा करते हुए वह कोई और बात हो जाती जैसे बात और अँग्रेज़ी एक नदी के दो किनारे हों। कभी-कभी ऐसा होता कि वह अँग्रेज़ी की रौ में बहता तो बात का ख़्याल ही नहीं रहता था। हाँ, बात को ढँकने के लिए अँग्रेज़ी बहुत काम आती थी। ग़ुस्सा अँग्रेज़ी में ग़ुस्सा नहीं लगता था, न शर्म, शर्म लगती थी और न दुख, दुख। अँग्रेज़ी बोलना सिर्फ़ भाषा बोलना था। कोई ख़ूबसूरत परदा था, जिसने चन्दू को घेर लिया था। यह परदा अदृश्य था जैसे दिल पर पड़ा हो।

एक शाम चन्दू बस्ती में घूम रहा था। जब झाँसी में था तो हर शाम क़िले पर घूमने जाता था। वह क़िले की पथरीली चढ़ाई चढ़ता, फिर ढलान पर उतरता और क़िले के पार्श्व में किसी चट्टान पर बैठकर सिगरेट पीते हुए किसी दोस्त से बातें करता या आकाश निहारता— जो नीला होता या तारों से भर जाता जैसे क़िले ने सारे तारों को पक्षियों की तरह छोड़ दिया हो। पटपड़गंज की सड़कों पर तारे नहीं थे, न चट्टानें थीं। मगर बहुत-से लोग थे जो आ-जा रहे थे। सड़क पर गाड़ियों का शोर था। एक ओर बचकर चलना पड़ता था।

सड़क के दोनों ओर आवासीय बहुमंज़िला इमारतें थीं, जिनकी खिड़कियों में रोशनी भरी थी और दरवाज़े बन्द थे।

वह सड़क के एक ओर बजरी पर नंगा आँखें खोले इस तरह लेटा था जैसे कोई अपने घर के बरामदे में पैंट-कमीज़ पहने कुर्सी पर बैठा हो। उसकी दाढ़ी बढ़ी हुई थी। जब चन्दू ने उसे ध्यान से देखा तो वह उसे अपनी ही उम्र का लगा। अलबत्ता उसकी आँखें कहीं और थीं। चन्दू एक क्षण ठमठमाकर वहीं खड़ा हो गया। नंगे युवक को कोई फ़र्क़ नहीं पड़ा क्योंकि उसकी आँखें कहीं और थीं। न

कोई फ़र्क़ सड़क के राहगीरों को पड़ा, जो ऐसे आँखें सीधी किए जा रहे थे जैसे नंगा नौजवान पैंट-कमीज़ पहने अपने घर के बरामदे में कुर्सी पर बैठा हो।

चन्दू सड़क पर खड़ा नंगे नौजवान को देख रहा था।

यदि यह झाँसी में गुदड़ी की सड़क होती तो कई लोग नंगे को घेर लेते। कुछ लड़के हँसते, उसके नंगेपन को लेकर आपस में मजाक करते— हो सकता है, कोई उसके नंगेपन को छेड़ता। नंगा प्रतिरोध करता तो शायद कोई उसे और चिढ़ाता। शायद कोई उसे कंकड़-पत्थर मार देता। वह शायद रोने लगता। शायद वह चीखता। तब कोई बुज़ुर्ग आकर लड़कों को डाँटता और उसे चादर और रोटी दी जाती।

मगर नंगा नौजवान दिल्ली के दृश्य में नहीं था।

लोग सड़क पर इस तरह चल रहे थे जैसे नंगा सड़क पर न हो, बल्कि नंगे की जगह कोई लकड़ी का टुकड़ा पड़ा हो। नंगे का लकड़ी का टुकड़ा हो जाना चन्दू की समझ में नहीं आ रहा था। उसने नंगे के समक्ष खड़े हुए सड़क पर चलते राहगीरों को फिर एक बार देखा, फिर सड़क के दोनों ओर इमारतों और उनके बन्द दरवाज़ों को देखा, फिर गाड़ियों में सीधी नज़रें किए बैठे लोगों को देखा और आसमान पर निगाहें टिका दीं।

तभी एक कुत्ता आकर नंगे आदमी के पास उकडूँ बैठ गया। नंगा कुत्ता नंगे आदमी को ऐसे देख रहा था जैसे उसे कोई भ्रम हो रहा हो। आदमी कहीं और देख रहा था।

जब कुत्ता एक टाँग उठाकर आदमी की ओर बढ़ा तो चन्दू ने उसे लात मारकर भगा दिया। कुत्ता काँऊ-काँऊ करता भागा।

आदमी इस तरह चौंका जैसे नींद से जागा हो। वह चारों ओर आँखें फाड़-फाड़कर देखने लगा। जब चन्दू की आँखें नंगे आदमी की आँखों से मिलीं तो चन्दू बर्दाश्त न कर सका। उसने अपनी कमीज़ उतारी और नंगे आदमी की टाँगों पर डाल दी। फिर वह बनियान और पैंट पहने दिल्ली की सड़क पर हाँफ़ता हुआ भागा। राहगीर उसे हैरत से देख रहे थे।

जब वह हाँफ़ता हुआ घर में घुसा तो चाचा हॉल में बैठे अख़बार पढ़ रहे थे। उन्होंने जब आंखें उठायीं और चन्दू को बनियान पहने घर में घुसते देखा तो वे ख़ुद उठकर खड़े हो गये।

"व्हाट हैपिंड? व्हाट हैपिंड?" चाचा बोले।

हाँफ़ता चन्दू क्या जवाब देता? चाचा तुरन्त समझ गये। उन्होंने चन्दू से बैठने को कहा और चाची से एक गिलास पानी लाने को। जब चन्दू ने पानी पी लिया, तो चाचा ने फिर अँग्रेज़ी में पूछा—

"क्या हुआ? क्या हुआ?"

चन्दू ने आहिस्ता-आहिस्ता आँखें ऊपर उठायीं। पहले उसने चाची की ओर देखा। फिर चाचा की ओर। फिर वह पार्क में क्रिकेट के मैदान की ओर देखने लगा, जहाँ अब अँधेरा अपना खेल खेल रहा था।

"व्हाट हैपिंड, चन्दू?" चाचा की आवाज़ बेताब थी।

वह पार्क की ओर अँधेरे में देख रहा था जब आँसू उसकी आँखों से गालों पर दोनों ओर रिस आये। सन्नाटा छा गया। आँसू कुछ तेज़ हो गये। फिर चन्दू ने पहली सिसकी ली और वह फूटफूटकर रोने लगा।

"तुम बेशक हिन्दी में बोलो, चन्दू।" चाचा ने ढाढ़स बँधाया।

चन्दू उस रात कुछ नहीं बोला।

वह सपने में अपने गुदड़ी मोहल्ले में खड़ा हुआ नंगे नौजवान से धाराप्रवाह अँग्रेज़ी में बोल रहा था। युवक नंगा खड़ा उसे धाराप्रवाह अँग्रेज़ी में जवाब दे रहा था। दर्शक-दीर्घा ख़ाली थी। सड़क पर कोई नहीं था। सूनी चाँदनी चहुँओर छाई थी। सड़क पर पेड़ों और मकानों की परछाइयाँ थीं। जब चन्दू सवेरे उठा तो उसे इतना ही याद रहा। उसने नंगे आदमी से संवाद याद करने की बहुत कोशिश की, मगर कुछ याद नहीं आया।

जब तेरह इंटरव्यू हो गये और चन्दू को नौकरी नहीं मिली तो चन्दू ने चाचा से कहा कि जो अर्जी महीनों पहले प्रधानमन्त्री को दी थी, उसका कोई जवाब नहीं आया— कोई जवाब होता तो पिता ज़रूर लिखते।

"प्रधानमन्त्री इस व्यवस्था का पिता ही है, चन्दू।" चाचा ने कहा, "कोई जवाब होता तो ज़रूर आता।"

"फिर भी।" चन्दू बोला, "पता करना चाहिए।"

"मुझे पता है।"

"क्या?"

"पिता के दफ़्तर से अर्जी नीचे चली जाती है। नीचे अर्ज़ियों का समुन्दर है।"

"क्या मैं जाकर पता करूँ, चाचा?"

"तुम्हें कुछ पता नहीं चलेगा।"

"मैं प्रधानमन्त्री से मिलूँगा।"

"एक प्रार्थी प्रधानमन्त्री से एक बार मिलता है, चन्दू।"

"सिर्फ़ अर्ज़ी देने के लिए?"

"हाँ।"

"क्यों?"

"क्योंकि देश की महीन मलाईदार परत को छोड़कर सब प्रार्थी हैं। सब

किलबिला रहे हैं। प्रधानमन्त्री किसे-किसे देखें?''

चन्दू चुप रहा।

सन्नाटे को अपनी आवाज़ से ढँकते हुए चाचा बोले, ''चन्दू, तुम फिक्र मत करो। कुछ करेंगे।''

चाचा पेशे से पत्रकार थे। कभी वे किताब पढ़ने का सपना देखते और कभी सपने में अपने को अख़बार लिखते देखते। उस रात उन्होंने नौकरी का सपना देखा, जो वे हवा में पढ़ रहे थे—

नौकरी की कहानी

कहते हैं, नौकरी उतनी ही पुरानी है जितनी सभ्यता जैसे नौकरी सभ्यता के साथ-साथ शुरू हुई हो। यह भी कहते हैं कि हड़प्पा और मोहन-जोदड़ो की खुदाई और लिखाई में नौकरी के चिह्न मिले हैं जैसे कि यूनान और मिस्र की खुदाई-लिखाई में। पिछली शताब्दी तक तो दुनिया में सीधी ग़ुलामी का चलन रहा। एक आदमी दूसरे आदमी को उसी तरह पालता था जैसे घोड़े या बैल को।

कुछ समाजशास्त्रियों का कहना है कि नौकरी ग़ुलामी का ही सूक्ष्म संस्करण है। यह सभ्यता का अनोखा आविष्कार है, जिसमें आदमी अपने को आज़ाद समझता है लेकिन होता नहीं। वह जिसे अपना घर समझता है वह असल में नौकर का घर होता है, वह जिसे अपनी पत्नी समझता है वह नौकर की पत्नी होती है और जिन्हें वह अपने बच्चे समझता है वे एक नौकर के बच्चे होते हैं जो बड़े होकर ख़ुद नौकर हो जाते हैं।

मगर यह ज़रूरी है क्योंकि सभ्य आदमी को रोटी ही नहीं— रोटी, कपड़ा और मकान चाहिए।

हमारे देश में आज़ादी के आसपास नौकरी की इतनी किल्लत नहीं थी। लोग कम थे। ज़रूरतें कम थीं। उम्मीदें कम थीं। कम से काम चल जाता था।

फिर आज़ादी के पहले दशक में नौकरियों के इतने दरवाज़े खुले कि पूछिए मत। पंचवर्षीय योजना में नौकरी के दरवाज़े ही दरवाज़े थे— बाँध, बिजलीघर, उद्योग, ग्रामीण विकास, शिक्षा आदि-आदि— सब जगह नौकरों की ज़रूरत थी। भला नौकरों के बिना विकास कैसे होता? अँग्रेज़ों के ज़माने की प्रथा चलती रही। सरकारी नौकरी को सर्वोपरि माना जाता रहा और यह सवाल भी बना रहा— वेतन तो ठीक, लेकिन ऊपरी आमदनी क्या है? यही ऊपरी आमदनी आगे चलकर सुविधा-शुल्क बनी। कितने संयत-सुशील मुहावरे थे— ऊपरी आमदनी, सुविधा-शुल्क! यह भ्रष्टाचार का कान-फाड़ू शोर तो पिछले दशक में बोफ़ोर्स के गोले दगने

के बाद शुरू हुआ। कुछ लोगों का कहना है कि यह भी एक कुर्सी की चाल थी।

इस बीच नौकरियाँ फल-फूल रही थीं। निजी उद्योग भी पनप गया था। लेकिन एक गड़बड़ी हुई— लोग बहुत बढ़ गये। ज़रूरतें बढ़ गयीं। उम्मीदें बढ़ गयीं।

यह क्रूर मज़ाक देखिये, जो तैंतीस करोड़ लोग देश में आज़ादी के वक़्त थे, उतने लोग देश में अब भूखे-नंगे थे जैसे एक आज़ाद देश भूखा, नंगा और बेकार रह गया हो!

पिछले दशक में देश के जो दरवाज़े भड़भड़ाये थे, इस दशक में ऐलानिया खोल दिए गये। 'सर्ववसुधैवकुटुम्बकम्' हो गया। कहा गया कि दुनिया एक गाँव है और धरती एक बाज़ार है। हाट लगी है। अब डर काहे का। यहाँ सब मिलेगा। सारे दुख-दलिद्दर दूर हो जाएँगे।

विश्व-हाट की भाषा अँग्रेज़ी थी। गोरे सौदागर अँग्रेज़ी बोलते थे। देसी सौदागर उनसे ज़्यादा अँग्रेज़ी बोलते थे।

चन्दू का क्या होगा?

जब चाचा जागे, उनके मुँह में सपने के यही शब्द थे :

'चन्दू का क्या होगा?'

चाचा उस दिन सुबह से ही बार-बार यह बुदबुदा रहे थे। जब वे दफ़्तर में अपने केबिन में घुसे और हेलमेट एक ओर रखकर अपनी कुर्सी पर बैठे तो उनके मुँह से फिर निकला, 'चन्दू का क्या होगा?' वे ख़ुद चौंके। मगर यह क्रम रुका नहीं। किसी साँस के साथ एक उच्छ्‌वास फिर निकला—

'चन्दू का क्या होगा?'

चाचा उर्फ बिन्देश्वरी प्रसाद का केबिन सहायक सम्पादक विमल वर्मा के कमरे में था। कमरा बड़ा था। इसीलिए एक केबिन भी उसमें बना दिया गया था। केबिन के अलावा तीन चौथाई कमरा विमल वर्मा के लिए था, जिसमें पीछे की ओर एक बड़ी मेज़ और उसके तीन ओर कुर्सियाँ थीं। कमरे में केबिन कुछ कटोरी के अन्दर कटोरी की तरह लगता था। चाचा छोटी कटोरी थे।

केबिन की आवाज़ छनकर कमरे में पहुँच जाती थी। पहले विमल ने ध्यान नहीं दिया था क्योंकि उसे स्वयं काम करते हुए बुदबुदाने की आदत थी। लेकिन प्रसाद की बुदबुदाहट उसे भुनभुनाहट लगी। विमल को शक़ हुआ कि कुछ काम पूरा करने की बौखलाहट होगी। कोई राष्ट्रीय-अन्तरराष्ट्रीय समस्या प्रसाद का जी हलकान कर रही होगी। इसीलिए जब इस बार प्रसाद की भुनभुनाहट के शब्द विमल के कानों में पड़े तो वह तुरन्त उठकर प्रसाद के केबिन में घुसा और उसके सामने बैठ गया। सिगरेट का एक कश खींचकर मेज़ पर अपनी दाढ़ी और धुआँ फैलाते हुए उसने

पूछा—

"क्या किसी स्टोरी का तनाव है?"

"नहीं तो, क्यों?"

"जिसका नायक चन्दू है!" विमल हँसा।

"नहीं... कुछ नहीं।"

प्रसाद संजीदा रहा। विमल का ठहाका केबिन में गूँजा।

"अच्छा, यह चन्दू कौन है?"

"कोई... कुछ नहीं, यार।" प्रसाद ज़बर्दस्ती मुस्कराया।

जब विमल मेज़ से नहीं उठा और उसने चन्दू का परिचय जानने की ज़िद की तो प्रसाद ने उसे सारी कहानी बता दी।

विमल ने कहा, "चन्दू को नौकरी मिलेगी नहीं।"

"फिर!" प्रसाद ने उसकी काली दाढ़ी और टिमकती आँखें देखते हुए कहा, "चन्दू का क्या होगा?"

विमल मुस्कराया, "चन्दू को नौकरी दिलानी पड़ेगी?"

"कैसे?"

"मैं सूरजभान जी को फ़ोन करता हूँ। तुम चन्दू को लेकर उनसे मिल लेना।"

"सूरजभान... सूरजभान जी कौन हैं?"

"सूरजभान जी साउथ एवेन्यू में रहते हैं।"

"क्या वे कोई मिनिस्टर या एम.पी. हैं?"

"नहीं।"

"फिर वे क्या करते हैं?"

"वे ख़ुद कुछ नहीं करते।" विमल हँसा।

"फिर?"

"वे काम कुछ दूसरों से करा देते हैं... जैसे गैस-कनेक्शन, पेट्रोल पम्प का लाइसेन्स, मकान का एलॉटमेंट और नौकरी आदि-आदि।"

"कैसी नौकरी?" प्रसाद ने आँखें फैलायीं।

"कोई भी नौकरी : आई.ए.एस. से चपरासी तक और ड्राइवर से मैनेजर तक।"

"क्या वे कोई सन्त-महात्मा हैं?"

"नहीं।"

"फिर?"

"आज से दो दशक पहले..." विमल ने पूछा, "संजय गाँधी क्या था, जो सरकार चलाता था?"

"प्रधानमन्त्री का बेटा!"

"सूरजभान जी सरकार के रिश्तेदार हैं। हर जाति का सन्त्री, मन्त्री और अफ़सर उनका रिश्तेदार है।"

केबिन में चुप्पी छा गयी।

"लेकिन।" प्रसाद ने जिज्ञासा प्रकट की, "महात्मा जी चढ़ावा तो लेते होंगे?"

"तुमसे नहीं लेंगे।"

चाचा ख़ुश हो गये। उन्होंने विमल वर्मा से एक सिगरेट माँगी।

स्वर्ण-जयन्ती वर्ष के जाड़े दिल्ली में कठिन थे।

गली में मुड़कर थोड़ी दूर सूरजभान जी का बँगला था। जब चाचा और चन्दू गेट खोलकर अन्दर घुसे तो उनके कपड़े गीले हो गये थे। पूस की बदली थी। हवा में बूँदें झिरझिरा रही थीं। हवा साँवली थी। उन्हें बरामदे में इन्तज़ार करने को कहा गया। वे कुर्सियों पर बैठे लॉन की ओर निहार रहे थे जहाँ रंग-बिरंगे फूल क्यारियों में खिले थे।

एकाएक अन्दर से जूतों की आवाज़ आयी। फिर कुछ कदम बाहर आने लगे। चाचा और चन्दू ने आँखें उठायीं। दो लोग बाहर आ रहे थे। एक दाढ़ीवाले मशहूर चित्रकार दत्तात्रेय थे, जिनकी सफ़ेद दाढ़ी और दौड़ते हिरनों को सभी जानते थे। दूसरे मशहूर कथाकार कुमार थे, जिनका उपन्यास 'आवाज़ें' पिछले वर्ष अकादमी पुरस्कार से सम्मानित हुआ था। चाचा और चन्दू दोनों को जानते थे। चन्दू मन-ही-मन बहुत ख़ुश हुआ। उसे सूरजभान के बँगले के पीछे सहसा इन्द्रधनुष नज़र आया जैसे सुनहरे दैवी चक्र की आभा हो।

जब वे अन्दर घुसे, सूरजभान अपनी मेज़ के पीछे हाथ में एक काग़ज़ लिये खड़े थे। उनकी आँखें काग़ज़ पर थीं। चाचा और चन्दू मेज़ के आगे खड़े हो गये। कमरे की साज-सज्जा किसी कम्पनी के निदेशक-कक्ष की थी जैसे कोई अखिल भारतीय करोबार इसी कमरे से चलता हो। सूरजभान ने आँखें उठाकर चाचा और चन्दू से बैठने को कहा और ख़ुद भी घूमकर घूमनेवाली कुर्सी पर बैठ गये।

जब सूरजभान घूमे तो चाचा ने देखा था कि उनकी चाँद गंजी है। फिर भी यह साफ़ था कि उन्होंने बचे-खुचे बालों पर खिजाब लगाया था जैसे कोई बिन छत के कमरे को बन्दनवार से सजाये। सूरजभान बन्द गले का नीला कोट-पैंट पहने थे मानो वरिष्ठ नौकरशाह हों। खिड़कियों और दरवाज़ों पर भारी परदे थे। और कमरे में अन्दर कृत्रिम रोशनी थी जिसके स्रोत नज़र से ओझल थे।

"मैं बिन्देश्वरी प्रसाद..." चाचा वाक्य पूरा न कर सके।

सूरजभान ने बीच में ही टोक दिया, ''मुझे मालूम है। विमलजी ने मुझे सब बता दिया है।''

फिर सूरजभान ने मुस्कराते हुए चन्दू की ओर देखा और कहा, ''चन्दू, चिन्ता न करो। स्वतन्त्रता के स्वर्ण-जयन्ती वर्ष में राष्ट्र तुम्हें बेकार न रहने देगा।''

चन्दू चौंका। उसे लगा जैसे सूरजभान के गले से अटल जी बोल रहे हों— वही मुहावरा, वही स्वर, वही स्वर-विन्यास। अलबत्ता उनका चेहरा-मोहरा बिल्कुल अलग था।

''अंकल।'' चन्दू ने आह्लादित स्वर में कहा, ''मुझे पूरा भरोसा है।''

''तुम राष्ट्र का कर्तव्य हो, चन्दू।''

भाषा पर भरोसा करने का चाचा पूरा प्रयास करते। मगर तवक्को उठ गयी थी। शायद यह उनके अख़बार के तजुर्बे की वजह से भी था। या दिल्ली की आबोहवा में शक घुल गया था। कपड़े गीले थे। हवा गीली थी। जिस्म ठंडा था। रोशनी बनावटी थी। चाचा कुछ क्षण ऐसे बैठे रहे जैसे कहीं और बैठे हों।

सूरजभान ने चन्दू से उसके बायो-डेटा समेत नौकरी की अर्जी ली और अगले सप्ताह मिलने को कहा। उन्होंने चलते हुए चाचा से कहा—

''बिन्देश्वरी प्रसादजी, आप परेशान न हों। चन्दू को अकेला ही भेज दें।''

''नहीं सर,'' चाचा बोले, ''मेरी सबसे बड़ी परेशानी तो चन्दू की नौकरी है।''

''नौकरी की बात अब आप भूल जाएँ।'' सूरजभान ने चन्दू की ओर देखकर मुस्कराते हुए कहा—

''हम अकेले निपट लेंगे।''

'राष्ट्रीय कर्तव्य!'

सूरजभान के शब्द चन्दू के कानों में गूँज रहे थे जब वह चाचा के साथ कोठी से बाहर आ रहा था। बादल छँट गये थे। धूप लॉन की घास और फूलों पर ठिठकी बूंदों पर चमक रही थी। आकाश में फैले बादलों के छिटपुट टुकड़ों को धूप बींध रही थी मानो बादलों के पीछे अनार के पटाखे फूट रहे हों। स्कूटर की पिछली सीट पर बैठे, नयी दिल्ली की दोनों ओर घने पेड़ों से घिरी सड़क पर जाड़ों की धूप में चलते हुए, चन्दू को लगा कि वह सचमुच राष्ट्रीय नागरिक है। वह 'राष्ट्रीय सम्पत्ति' भी है— वह याद करके मुस्कराया। दो-तीन साल पहले गुदड़ी में दोस्तों से उसकी बहस हुई थी, जिसमें एक वकील दोस्त ने बताया था कि नागरिक राष्ट्रीय सम्पत्ति है— इसीलिए उसे अपनी जान लेने का अधिकार नहीं है। वकील ने हँसते हुए कहा था कि यह कानून की विडम्बना है कि आत्महत्या असफल हो तो अपराध हो जाती है।

"तब राज्य नागरिक की पूरी ज़िम्मेदारी क्यों नहीं लेता?" चन्दू ने उत्तेजित होकर पूछा था।

आज सूरजभान ने उसे 'राष्ट्रीय कर्तव्य' पुकारा था।

सामने धूप में चमकता इंडिया गेट और उसे घेरे हरा-भरा राष्ट्रीय प्रांगण था, जिसके एक सिरे पर राष्ट्रपति भवन की ऊँचाइयाँ थीं।

अगले हफ्ते चन्दू सूरजभान से मिला। उन्होंने कहा कि अर्जी की अँग्रेज़ी ठीक नहीं है, पहले उसे ठीक कर लें। उन्होंने अँग्रेज़ी पर बहस की। अँग्रेज़ी सुधारी। फिर कहा कि मेरा स्टेनो आज आया नहीं है, तुम टाइप कराके अगले हफ़्ते दे जाना।

अगले हफ्ते कोठी की गली में घुसते हुए चन्दू ने सोचा कि जो आदमी उसकी नौकरी की अर्ज़ी में इतनी दिलचस्पी ले रहा है, वह उसकी नौकरी तो ख़ुद पैदल जाकर भी कहीं लगवा देगा। मगर उस दिन सूरजभान कोठी पर नहीं थे। स्टेनो ने कहा कि अर्जी रख दो, अगले हफ़्ते आना— सूरजभान जी ने यही कहा है।

सूरजभान अगले हफ्ते कोठी पर थे। लेकिन वे संसद के चालू सत्र की वजह से इतने व्यस्त थे कि उन्हें ख़ुद मरने की फुर्सत नहीं थी। उन्हें घेरे एक मन्त्री अन्दर बैठा था और दो सांसद आने वाले थे। क्या करें? जब संसद का सत्र चलता है तो सभी दिल्ली में होते हैं। मजबूरी है। किसी का काम सूरजभान के बिना नहीं चलता। स्टेनो ने चन्दू को समझाया और कहा कि अच्छा, अब ऐसा करो कि अगले से अगले सप्ताह आना।

अगले से अगले सप्ताह सूरजभान दिल्ली छोड़कर पेरिस चले गये थे, जहाँ से उन्हें रोम और लन्दन जाना था। वे किसी शिष्टमंडल में गये थे। वे जाना नहीं चाहते थे, लेकिन शिष्टमंडल उनके बिना जा नहीं सकता था। मन्त्री उन्हें कोठी पर बुलाने आये। असल में मन्त्री ख़ुद शिष्टमंडल में शामिल थे। सूरजभान के बिना वे विदेश नहीं जा सकते थे। सूरजभान उनकी जान थे। मन्त्री सूरजभान के बिना न शराब पीते थे, न अँग्रेज़ी बोलते थे। बोलते सूरजभान ही थे, मगर लगता था जैसे मन्त्री जी ही बोल रहे हों।

विदेशी दौरा तीन सप्ताह का था।

स्टेनो ने चन्दू को अगले से अगले से अगले सप्ताह आने को कहा।

अगले से अगले से अगले सप्ताह के अगले दिन होली थी। पिछली रात लन्दन से लौटे सूरजभान बहुत थके और बहुत ख़ुश थे। उन्होंने हँसते हुए चन्दू से कहा—

"बेटा चन्दू, कल होली है। शाम को बहुत-से लोग आएँगे। तुम ज़रा जल्दी आ जाना।"

उस रात चन्दू ने चाचा को जो कुछ हुआ था, सब बताया। उम्दा अँग्रेज़ी में

अर्जी लिखी गयी थी— यही सात हफ़्ते की उपलब्धि थी! चाचा मुस्कराये। वे बोले कुछ नहीं। वे क्या कहते? वे विमल वर्मा से भी क्या कहते? क्या हाथ पर सरसों उगती है?

चाचा ने उस रात सोने से पहले चाची को एक कहानी सुनाई—

प्रतीक्षा की कहानी

जब सभ्यता नहीं थी तो इन्तज़ार नहीं था।

प्रतीक्षा सभ्यता की बच्ची है, जो कभी बड़ी नहीं होती। एक नटखट लड़की की तरह प्रतीक्षा सभ्यता की यात्रा के पथ पर नाचती हुई चली आ रही है। रास्ते में वेगवती नदियाँ, बीहड़ पहाड़ और गरजते समुद्र आये। प्रतीक्षा उनसे अठखेलियाँ करती हुई चलती रही। वह कभी घने जंगलों में खो गयी, जहाँ धूप मुश्किल थी। मगर वह शेर की दहाड़ या हाथी की चिंघाड़ से भी नहीं डरी।

प्रतीक्षा अब जंगलों में खिलखिलाती थी तो पत्तों पर धूप और शाखों पर पानी काँपने लगता। ऐसा लगता जैसे साँय-साँय हवाओं में प्रतीक्षा की चीख है।

आदमी को पता नहीं चला। लेकिन गुफाओं से निकलते-निकलते प्रतीक्षा ने आदमी के दिल में घर कर लिया जैसे दिल दिल न हो, जंगल हो। प्रतीक्षा तब से आदमी के दिल में नाचती है, गाती है, चीखती है, चिल्लाती है। और कभी-कभी हँसती हे जैसे उसे ख़ुद पता न हो कि वह सुखी है या दुखी।

कुछ विद्वान कहते हैं कि प्रतीक्षा पत्थर है।

ईश्वर प्रतीक्षा नहीं करता।

अहल्या की प्रतीक्षा के पत्थर को उसने छू दिया था। जब-जब धर्म की हानि होती है, वह तुरन्त आता है... 'यदा-यदा हि धर्मस्य...'

काश, मैं ईश्वर होता! मैं फौरन चन्दू को नौकरी देता— और बादलों में छिप जाता।

सूरजभान के घर में परिवार नहीं था। यह चन्दू ने होली के दिन जाना जब वह पूरे बँगले में घूमता फिरा। परिवार के नाम पर एक पहाड़ी लड़का था, जो उनके नहाने, खाने और सोने का ख़्याल रखता था। यों बँगले में हर काम के लिए नौकर था— रसोई का नौकर, सफ़ाई का नौकर, कपड़ों की सफ़ाई का नौकर, बाहर के काम का नौकर, अन्दर के काम का नौकर, दो गाड़ियों के दो नौकर और नौकरों के दो नौकर; पर नौकरों का मालिक पहाड़ी लड़का रामू ही था जो सब पर ऐसे हुकुम चलाता था जैसे अपने घर में चाची राज करती थीं।

बँगले में अभी बसन्त की हवाएँ चल रही थीं। हवाएँ ठंडी थीं। लॉन की

क्यारियों में चारों ओर रंग-बिरंगे फूल खिले थे। चन्दू लॉन के बीच में खड़ा पगलाया-सा फूलों के नामों के बारे में सोच रहा था। अपने शहर में फूल नारायण बाग़ में थे या क़िले के नीचे रानी की मूर्ति के चारों ओर पार्क में थे या सिविल लाइंस की कोठियों में फूल खिले थे। शहर के लड़कों के लिए फूलों के नाम किताबों में खिले थे। अलबत्ता मालिन त्योहार के मौकों पर गेंदे के पीले फूलों से भरी टोकरी लिये मोहल्ले-भर में घूमती थी। मानो गुदड़ी की क़िस्मत में सिर्फ़ गेंदे का फूल हो। मोहल्ले में कुछ लड़कों का नाम गेंदा था ओर कुछ लड़कियाँ हमेशा चम्पा होती थीं जो बहुत कम नज़र आती थीं।

सूरजभान लॉन में जब होली का इन्तज़ाम देखने आये तो बहुत ख़ुश हुए, उन्होंने रामू से कहा, ''बहुत अच्छा!'' और तिरछी नज़र से चन्दू को देखा, जो लॉन पर रामू का सहायक था।

चन्दू ख़ुश था।

उस शाम उसका उत्साह और चपलता देखते बनते थे। जहाँ कोई ज़रूरत होती, वहाँ चन्दू था। गिलास चाहिए, चन्दू। भाँग चाहिए, चन्दू। ह्विस्की चाहिए, चन्दू। गुलाल चाहिए, चन्दू। पानी चाहिए, चन्दू। गोया चन्दू का नाम पानी, गुलाल, ह्विस्की, भाँग, दालमोठ, गुजिया, प्लेट या गिलास था।

जब लॉन के फूलों से धूप विदा हुई तो लोगों का आना शुरू हो गया था। होली का दिन था। लोग असली लिबास में नहीं थे। न उनके सहायक या चपरासी उनके साथ थे जिनसे उनकी पहचान होती। पहचान के लिए या तो गेट के बाहर खड़ी उनकी गाड़ियों की नम्बर-प्लेटें थीं या गेट के अन्दर आते उनके अंगरक्षक थे। दिल्ली के एक-से-एक बड़े अफ़सर, नेता और बुद्धिजीवी आते और पाँच मिनट रुककर चले जाते जैसे किसी मन्दिर में आये हों।

चन्दू बीच-बीच में गेट के बाहर जाकर गाड़ियों की प्लेटों के बड़े-बड़े पद पढ़ आता और ख़ुश हो जाता। फिर वह जब लॉन पर खड़े अंगरक्षकों को देखता तो उसे अचरज होता कि वह आज दिल्ली के कितने बड़े-बड़े लोगों से घिर गया है। ये लोग दिल्ली में बैठकर देश चलाते थे।

यदि देश की कोई धुरी थी तो यही थी, यही थी, यही थी!

चन्दू के आनन्द की सीमा न रही जब उसने हिन्दी, बँगला, पंजाबी और मलयाली के कुछ शीर्षस्थ कवियों, कथाकारों और कुछ चोटी के चित्रकारों को लॉन में खिलखिलाते देखा। उसने पत्र-पत्रिकाओं में इनकी तसवीरें देखी थीं। तसवीरें लॉन की झिलमिल रोशनी में खिलखिला रही थीं और गले मिल रही थीं, एक-दूसरे के माथे पर गुलाल लगाती हुई। एक कोने में विमल वर्मा दूसरे पत्रकारों के साथ खड़े थे। ये दूसरे पत्रकार और कोई नहीं, तीन बड़े सम्पादक थे, जो बहादुरशाह

ज़फर मार्ग पर विराजते थे। चाचा ने ही चन्दू को बताया था कि यह फलाना है और वह ढिकाना।

राजनेताओं को कौन नहीं जानता?

कौन अख़बार नहीं पढ़ता? या टीवी नहीं देखता? रामविलास पासवान अपनी 'क्लोज़ अप' मुस्कान बिखेरते आये। अडवानी हँसते हुए घुसे। चतुरानन मिश्र देर तक हँसते रहे। अटलजी के सफ़ेद बालों की लट माथे पर थी। मुलायम सिंह ने हाथ मिलाने को ऐसे बढ़ाया जैसे लॉन न हो, अखाड़ा हो। केसरी लॉन में पहुँचते ही ठहाका मारकर हँसे। वे चन्द्रशेखर के गले से लिपट गये। हरकिशन सिंह सुरजीत होली के दिन भी संजीदा थे। संजीदा आई.के. गुजराल भी थे, लेकिन उन्होंने मन्द-मन्द मुस्कराते हुए शेर पढ़ा—

"पहले आती थी हालेदिल पे हँसी,
अब किसी बात पर नहीं आती।"

चन्दू पीछे खड़ा था। वह आगे बढ़कर पूछने ही वाला था कि सर, आपको हँसी क्यों नहीं आती? मगर उसने अपने को रोका। उसे प्रधानमन्त्री का संसद में शेर पढ़ना याद आया। आप संसद में कूदकर सवाल नहीं पूछ सकते। और इस समय लॉन पर संसद के पक्ष और विपक्ष के उतने नेता ज़रूर थे जितने अक्सर संसद के सत्र में रहते हैं। फिर यहाँ कोई नागरिक कैसे सवाल पूछ सकता था?

यह सवालों का मौसम नहीं था।

होली के रंग-गुलाल का मौसम था, जिस पर अबीर चमक रहा था। चेहरे पहचानना मुश्किल हो जाता। अटकल या आवाज़ से चेहरे जाने जाते।

पूरी शाम चन्दू के मन में सवाल घुटता रहा जैसे एक सवाल में ही सारे जवाब हों। न जाने क्यों चन्दू को लगा कि यदि संसद या प्रधानमन्त्री निवास में उसके सवाल का जवाब नहीं है, तो सूरजभान की कोठी के लॉन पर कैसे हो सकता है? आहिस्ता-आहिस्ता उसका दिल बैठने लगा। जितनी उदासी घिरती, उतना ही वह चुस्त-चौकस हो जाता और हँसता हुआ नज़र आता। इसीलिए होली-मिलन के बाद जब एक अकेले कमरे में रामू ने उसे एक गिलास में ह्विस्की दी तो वह फटाफट पीने लगा जैसे हर शाम पीता हो। फिर रामू ने अपनी जेब से 555 का पैकेट निकाला और उसे खोलकर चन्दू के आगे कर दिया। चन्दू ने ऐसे सिगरेट सुलगाई जैसे यह दिन में उसकी बीसवीं सिगरेट हो। वे कुछ देर पीते रहे और बातें करते रहे जैसे पुराने दोस्त हों।

रामू के घर में पहाड़ पर सौतेली माँ थी और बाप उसे भूल गया था। जिस दिन सौतेली माँ ने उसे लकड़ी से मारा, उसी दिन सात बरस की उम्र में रामू ने गाँव और गाँव का झरना छोड़ दिया था। इसी झरने पर उसकी माँ उसे नहलाती

थी और चूम लेती थी। जब वह मरी तो किसी ने कहा था कि वह झरने के साथ नीचे उतर गयी। रामू भी डंडे की मार से रोता हुआ झरने के किनारे नीचे उतरता चला आया था— जहाँ माँ उसकी प्रतीक्षा करती होगी!

रामू रो रहा था सात बरस की उम्र से एक बार फिर बीस बरस की उम्र तक का सफ़र दिल्ली में तय हो रहा हो। रास्ते में कीचड़, पसीना, झाड़-झंखाड़, पत्थर-पहाड़— सबकुछ थे। आँसू सपाट ज़मीन पर सूख गये थे। न झरना बचा था, न माँ।

कोई सिर्फ़ माँ के सहारे इस दुनिया में कैसे जी सकता है?— रामू ने चन्दू से पूछा था।

फिर दोनों ने मुर्ग़े की टाँग, बकरे का कलेजा और मछली का चौकोर शरीर खाया था। बड़ा मजा आया था। वे खाते जाते थे और शराब पीते जाते थे। दोनों की जली सिगरेटें बग़ल में रखी ऐश-ट्रे में रखी थीं, जिनसे धुआँ उठ रहा था।

चन्दू ने एक और सिगरेट पी।

देर हो गयी थी। रामू चन्दू को एक बड़े कमरे में ले गया, जहाँ एक बड़ा पलंग बीच में रखा था और पलंग के नीचे एक नर्म कालीन बिछा था। चन्दू को बाद में सिर्फ़ यही याद रहेगा। उसे पलंग पर लेटना और आँखें बन्द करना भी याद नहीं रहेगा। वह शायद आँखें बन्द करने के पहले ही सो गया था।

जब उसकी आँख खुली तो चारों ओर अँधेरा सन्नाटा था। दोनों खिड़कियों से चाँदनी अन्दर आ गयी थी और फ़र्श पर उल्टी लेटी थी। चाँदनी के किनारों पर उसकी परछाइयाँ चारों ओर कमरे में फैल रही थीं। चन्दू ने अचानक अपनी छाती पर हाथ फेरा, फिर जाँघों पर। कहीं कोई कपड़ा नहीं था। वह निचाट नंगा था। क्या गरमी इतनी हो गयी थी कि उसने कपड़े उतारकर फेंक दिये थे? तभी उसकी नज़र पलंग के दूसरी ओर पड़ी, जहाँ कोई दूसरा वस्त्रहीन दूसरी ओर करवट लिये सो रहा था।

चाँदनी की परछाइयों से घिरे पलंग पर दो नंगे आदमी लेटे थे। चन्दू ने एकाएक दूसरे को झकझोरा...

''तुम कौन हो?''

नंगे सूरजभान हड़बड़ाकर उठ बैठे। उन्होंने आँखें खोलकर ऐसे कहा जैसे वे नंगे न हों—

''तुमने मुझे जगाने की हिम्मत कैसे की?''

''क्यों?''

''क्या तुम नहीं जानते कि मुझे जगाना अपराध है?''

''जगाना ज़रूरी था।''

“क्यों?”

“क्योंकि मुझे पता नहीं था कि सूरजभान नंगे हैं।”

एक पल उन्होंने उसे देखा। उनका चेहरा चाँदनी की ओर था। उस पर झाँई पड़ी। वे चीखे—

“निकल जाओ बाहर...!” वे हाँफ़ने लगे।

चन्दू नंगा निर्विकार खड़ा था। उसने ठंडी आवाज़ में पूछा—

“क्या मुझे नौकरी मिलेगी?”

“तुम्हें लड्डू मिलेगा! भाग...” वे फिर चीखे।

एकाएक चन्दू की देह की सारी ताक़त उसके दाहिने हाथ में आ गयी और एक चाँटा सूरजभान के गाल पर गूँजा। वे पलंग पर नंगे बैठे चीखना भूल गये।

चन्दू चाँदनी में खो गया।

यह शहर में कोई मानने को तैयार नहीं था। जब चाचा ने एफ़.आई.आर. पुलिस इन्स्पेक्टर के सामने रखी, तो वह हँसने लगा। उसने कहा कि चन्दू को ढूँढ़िए, वह मिल जाएगा। दिल्ली में नहीं तो झाँसी में मिलेगा। लेकिन मिलेगा ज़रूर। आप ढूँढ़िए, हम भी ढूँढ़ते हैं।

जब चाचा को बसन्त कुंज में एक पागल युवक के सड़कों पर नंगे घूमने की ख़बर मिली, तो वे अपना स्कूटर उठाकर तुरन्त दौड़े। नंगे नौजवान का चेहरा दाढ़ी में छिपा था— मगर दाढ़ी छह माह पुरानी थी। चाचा हताश लौट आये। वे होली की रात दुर्घटना-ग्रस्त हुए लोगों को सफ़दरजंग अस्पताल, राममनोहर लोहिया अस्पताल और ‘एम्स’ में पहले ही देख आये थे। जमना नदी से जो लाश मिली, वह एक लड़की की थी।

झाँसी के क़िले की छाया में चन्दू के माता-पिता रोज़ उसकी प्रतीक्षा करते हैं। पिता कहते हैं कि लाश का न मिलना आदमी के ज़िन्दा होने की निशानी है। एक दिन चन्दू ज़रूर आएगा...।

□□□

णाणं

पयासयं

वीर नि.सं. 2470

ई.सन् 1944

भारतीय ज्ञानपीठ